JN242604

入学後、間もない
4月の、とある放課後――

課外活動　申請書
部
同好会
活動規則
1.部活動として活動するには
2.活動を開始する

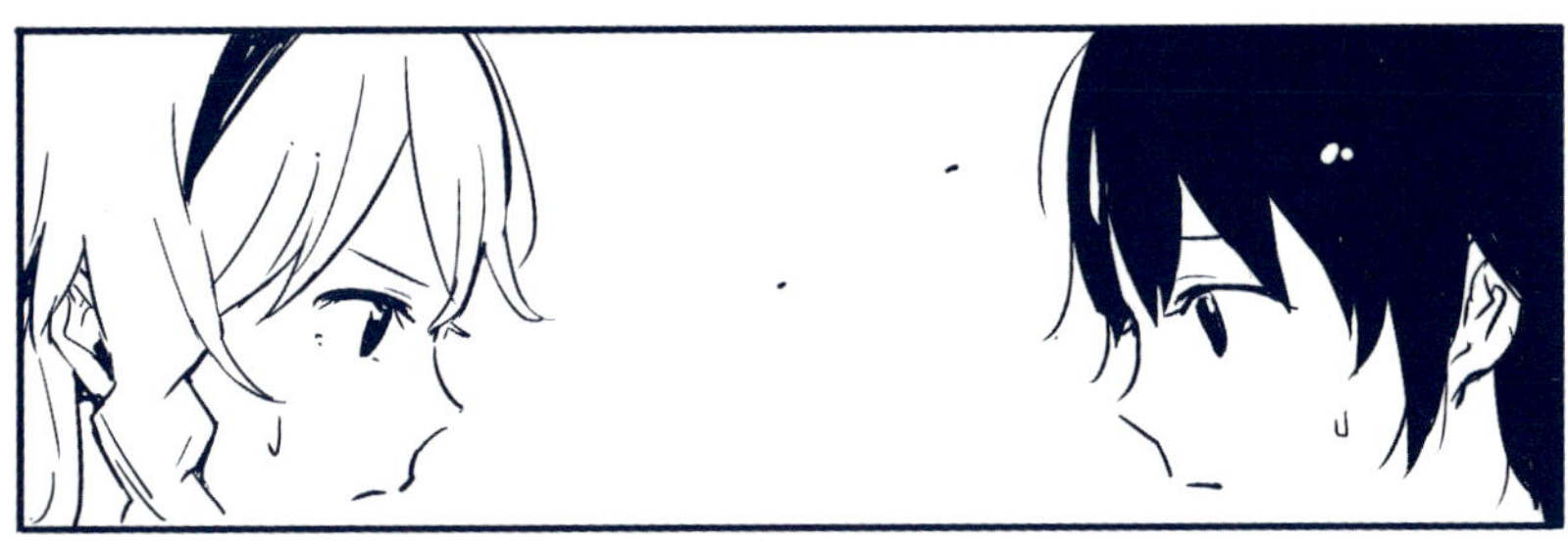

動するには、**7名以上**の部員を必要とする。

だから、何回も言ってるでしょ。人数が足りないの！
部を作りたいなら、もっと部員を集めて来なさい。それができないなら、同好会から始めればいいでしょ！
ビシ
ビシ
こんなに勧誘してあげているのに、
集まったのが、無表情くん1人って、どういうこと？
大河内君に八つ当たりしないの…
同好会から始めて、仲間はこれから増やそうよ
同好会って呼び方が嫌なの
私がやりたいのは、遊びじゃないんだから

同好会だったら、その名称は自由なのか?
ぬっ
わっ
ビク

ちょっと驚かせないで!あなたしゃべれたの?
エリカ!
ゴメンね、大河内くん
ガタ

…そうなの
同好会だったら、名前も活動も自由なんだって…

……

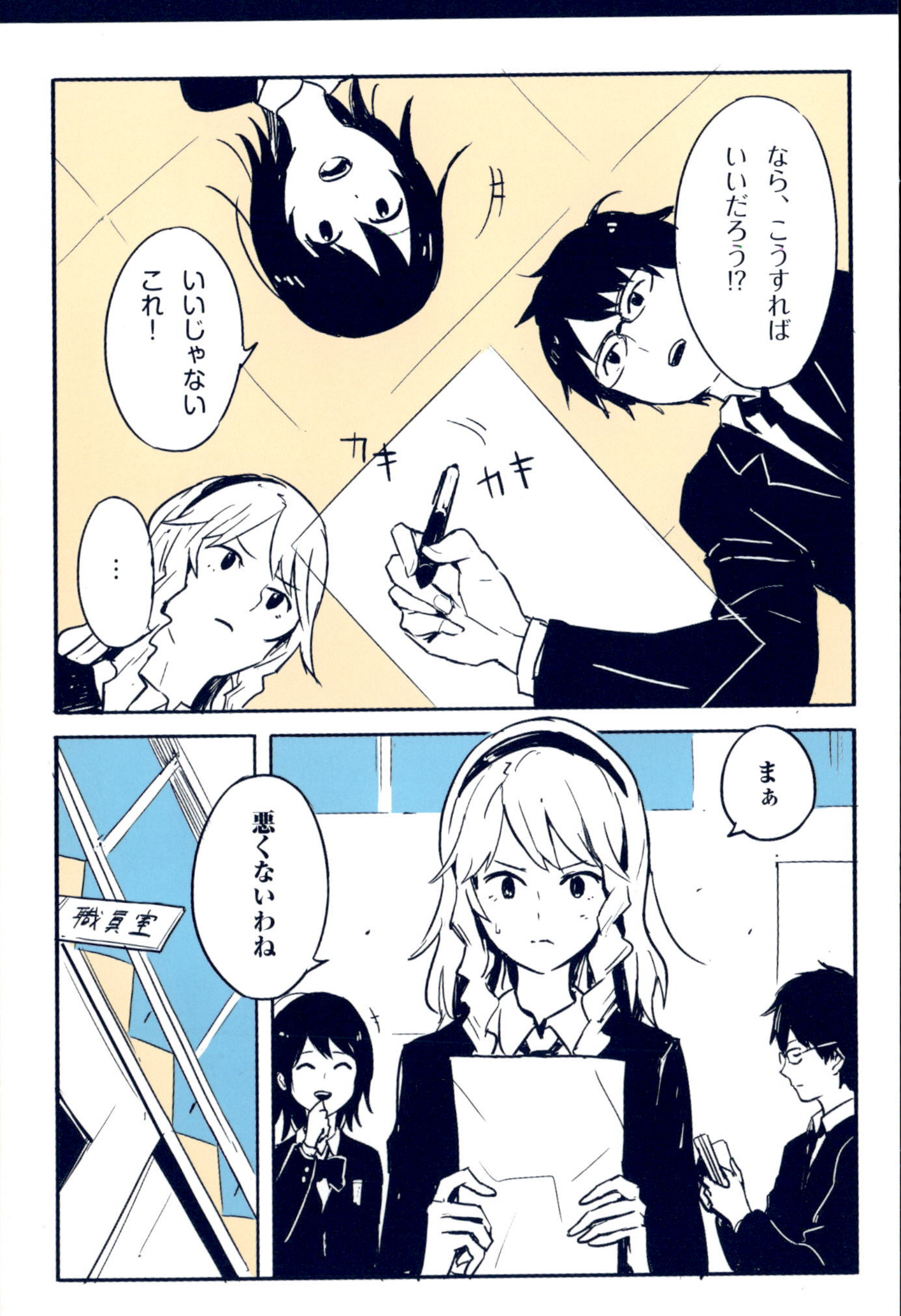
なら、こうすれば
いいだろう!?
カキ
カキ
いいじゃない
これ!
…
まぁ
悪くないわね
職員室

悩み解決部
部
同好会

結局、人数を集められなかったのね
同好会の名前は——
『悩み解決同好会』…「部」の字は不要ね？
先生!! 正式名称『悩み解決部同好会』略して、『悩み解決部』です
なんなんですかその屁理屈は！

文句を言われる筋合いはない
同好会の名に関する規定はなかったはずだ。我々の自由にさせてもらいたい！
じ、自由？
あなたたちのことは、よーく監視させてもらいますから！

それは
悩み解決部の
顧問になると
いうことだな?

先生、ありがとうございまーす!

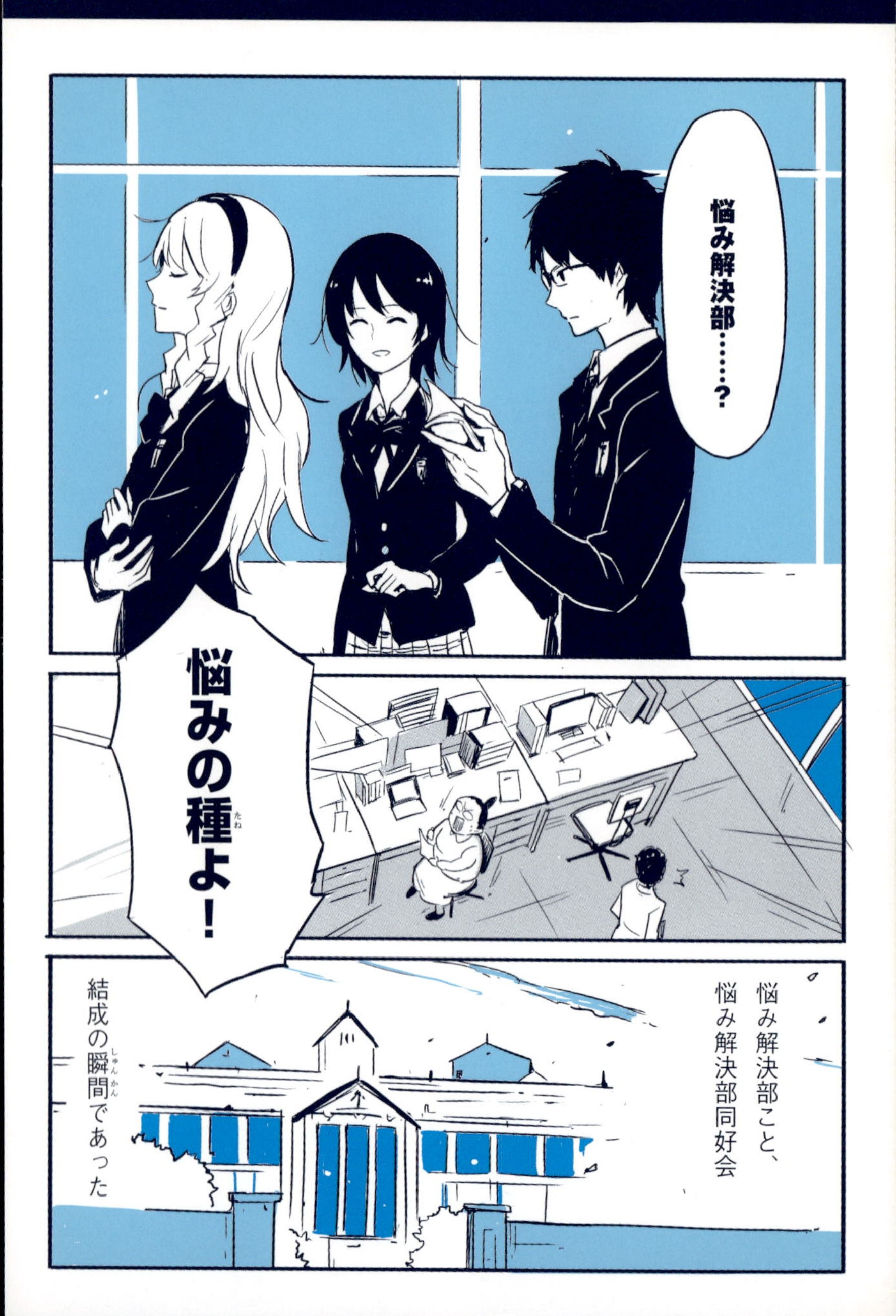
悩み解決部……？
悩みの種よ！
悩み解決部こと、
悩み解決部同好会
結成の瞬間であった

「悩み部」の栄光と、その慢心。

麻希一樹 著　usi 絵

Gakken

目次

contents

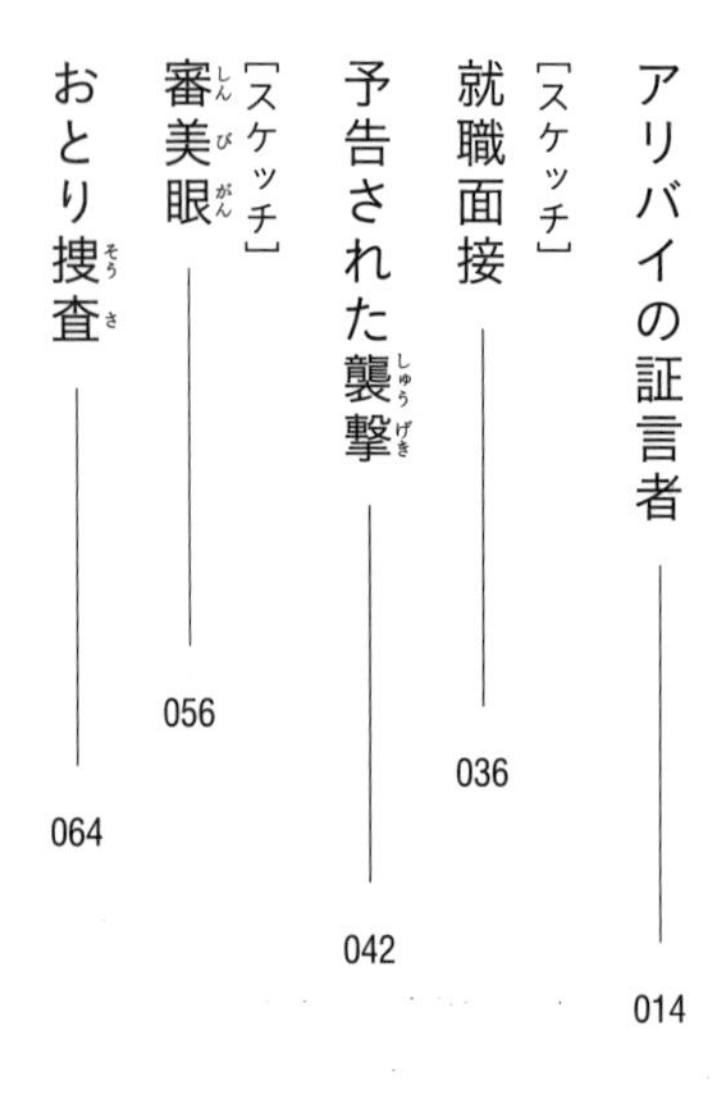

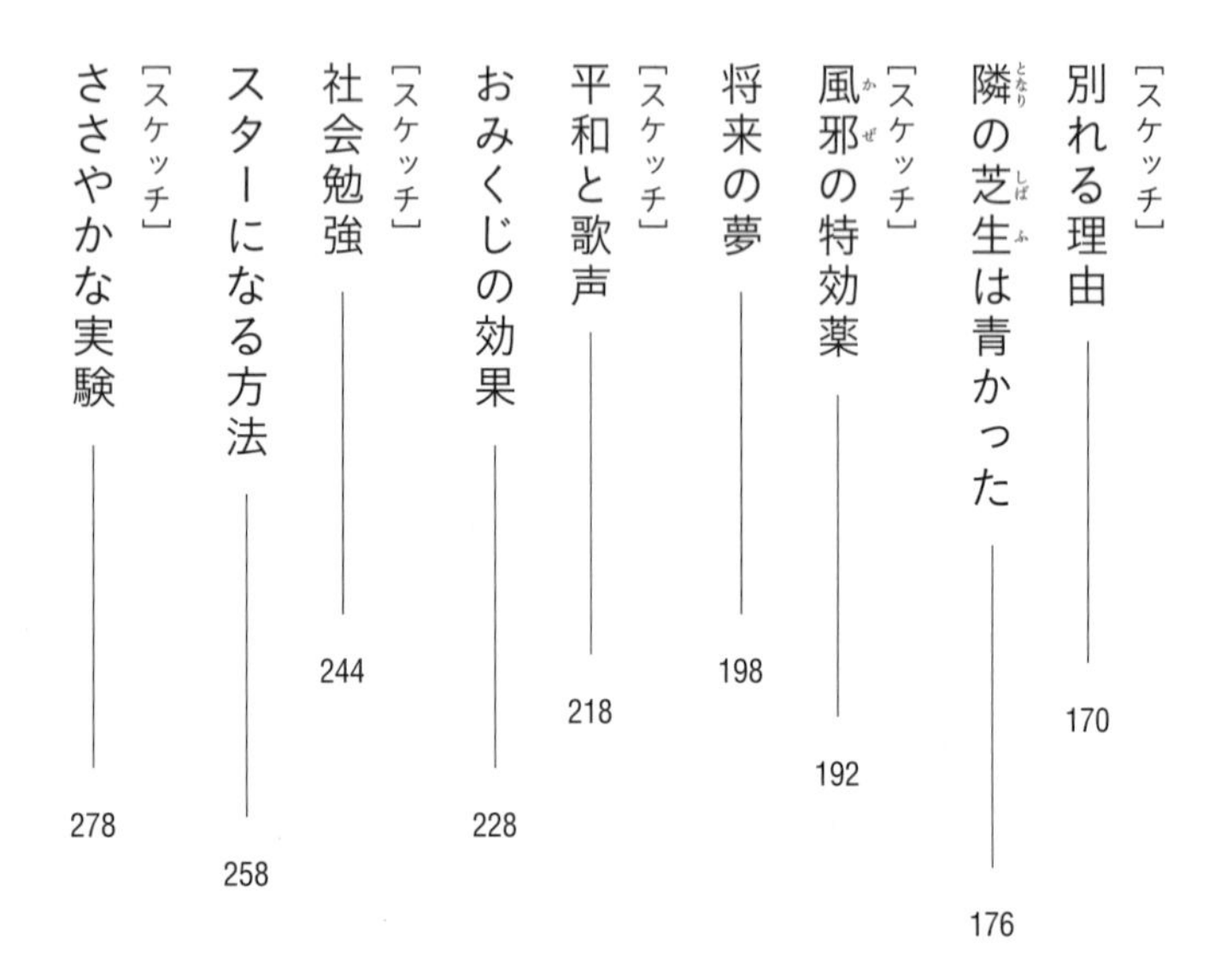

- ブックデザイン　小酒井祥悟、眞下拓人（Siun）
- 編集・構成　桃戸晴
- 編集協力　高木直子
- DTP　(株) 四国写研

アリバイの証言者

空には灰色の雲が立ちこめ、先ほどから降り始めた雨がコンクリートでできた校舎の壁に、ねずみ色の水玉模様を描き始めている。

「事件って、こういう時に起きるのよね」

「え？」

エリカがポツリとこぼした一言に、隣でスマホをいじっていた美樹は思わず手を止めた。

いつもと同じ放課後の部室。扉の横に掲げられた「悩み解決部同好会」の表札も、集まったメンバーの顔ぶれも変わらないのに、どんよりとした天気のせいで、部屋の空気までよどんでいるように感じる。

「事件って、何？　殺人事件でも起きるの？」

美樹が茶化すように尋ねる。すると、エリカは湿気のせいか、いつもよりウェーブのきつくかかった髪をかき上げて、わざとおどろおどろしく言った。

「美樹は、この天気を見て何も感じないの？　昔死んだ生徒の幽霊が、学校の暗がりにたたずむのも、森の中の洋館に殺人鬼が現れるのも、こんな雨の日じゃない？」

「エリカ、何言ってんの。こんな平和な学校で――」

「そうとは言えないぞ」

美樹の反論は、横から上がった声にさえぎられた。窓際に座っていた隆也が本を閉じる。彼にしてはめずらしく、マンガを読んでいたらしい。名探偵の孫が活躍する推理マンガで、美樹も昔、友だちに借りて読んだことがあったけれど、そのマンガでは、全校生徒のうち20％くらいが事件の被害者になっていたのではないだろうか。ちなみに、約10％は犯人である。

「フィクションと現実を混同するわけにはいかないが、『悩み解決部』の看板を掲げている以上、俺たちだって、いつどんな事件に巻きこまれてもおかしくはないだろう」

「そんな、隆也くんまで……」

「そうそう。こういう天気の日には、まず雷が鳴って――」

エリカが調子に乗って口を開いた。その瞬間、ピカッと空を切り裂くような稲妻が走った。

ドドーンッとおなかの底に響くような雷鳴がとどろく。そして、まるでこの時を待っていたかのように、勢いよく部室の扉が開けられた。

「だ、誰よ！　悪趣味なドアの開け方をするのは⁉」

一瞬顔を引きつらせたエリカが、負けじと雷を落とす。そこには、アフロヘアーのように、黒い髪を四方八方に爆発させた小柄な男子生徒が、所在なげに立っていた。

「その頭……雷が落ちたの？」

「エリカ、玉木先輩の髪型は、いつもこうよ。先輩は、美術部の名物部長じゃない？」

「ああ、そういえば……」

美樹に言われて、エリカの中で、ようやく名前と顔が一致したらしい。部屋の入口に立っていたのは、美術部部長の玉木浩平だった。

「美術部の部長が、悩み解決部に何の用ですか？　その頭のことなら、美容院に相談したほうがいいんじゃないですか？」

「ちょっと、エリカ！」

先輩に対する言葉とは思えない。いや、誰に対してでもアウトだろう。

エリカの失礼な発言に、美樹は浩平が怒り出すのではないかと心配したが、「芸術は爆発だ」を地で行く彼は、その豪快な頭をフルフルと横に振って、涙目で叫んだ。

「悩み部のみんなに助けてもらいたいことがあるんだ！　このままじゃ、僕は事件の犯人にされてしまう！　僕の無実を証明してくれ！」

「えっ？」

やっぱり事件と天気の間には、何らかの関係があるのかもしれない。おびえるアフロ頭を前にして、美樹たち悩み解決部のメンバーは、こんなときでもお地蔵さんのように無表情な隆也も含め、全員で顔を見合わせた。

「えーと、事件の犯人にされるって、どういうことなのかしら？」

イスに腰かけた浩平に向かって、開口一番そう切り出したのはエリカだった。気分はＦＢＩの捜査官にでもなったつもりなのだろうか。浩平と向かい合わせの席に座って、シャーペンの先でルーズリーフの端をトントンとたたいている。

尋問するような眼差しを向けられて、浩平は力なく口を開いた。

「誰も知らないだろうけど、僕は芸術家を目指していて、暇さえあれば毎日美術室にこもっているんだ。それは……」

「その部分の説明は、私も含め全校生徒が知っているはずだから、飛ばしていいです」

「えっ⁉　そうなの⁉」

浩平の反応に、美樹とエリカのほうが驚いてしまった。浩平は数々の美術コンクールで受賞を繰り返しているらしく、朝礼でしょっちゅう名前を呼ばれていたし、何より「美術部の主」と名高い、こんなビジュアルの存在を知らずに学園生活を送るほうが難しい。

「それで玉木浩平、結局お前の身に何が起きたんだ？」

このままではいつまで経っても話が進まないと感じたのか、今まで黙っていた隆也が口を挟んでくる。浩平はちょっとためらった末、自分を勇気づけるように、胸の前でギュッと手を組んで告げた。

「うまく説明できないんだけど、僕は絵を描くことが大好きで……特に、石膏像のデッサンは、僕にとって、クリスチャンが礼拝をするのと同じようなものなんだ。中学の頃、『好きだから絵を描いている』だけの僕に、力を与えてくれたのは、石膏像だったから……」

「ちょっと、あなたと石膏像の思い出話はどうでもいいから、早く本題に入ってくれない？」

エリカがイライラして机をたたく。しかし、さすがは美術部の主。浩平は動じることなく、目を輝かせながら続けた。

「最近のお気に入りはアフロディテの石膏像！　彼女と2人きりでいられる時間が嬉しくて、僕は毎日最後まで部室に残って、デッサンをしてたんだ。けど、今朝出勤した先生が、アフロディテの右腕がもげていることを見つけて……」

「え？　まさかそれで、先輩が犯人だって疑われたんですか？」

「うん……」

弱々しくうなずく浩平を見て、エリカは尋問官のように鋭い眼差しを再び彼に向けた。

「玉木先輩、本当に壊していないんですね？」

「当たり前だよ！　僕は、アフロディテの石膏像を恋人にしたいくらい愛してるんだ。どうしてそんなひどいことをしなきゃならないんだよ!?」

「ですが、事故でうっかりということもありますし」

「それなら真っ先に先生を呼んで、腕を元に戻してもらうようにお願いしてるよ！」

浩平の顔は真剣そのもので、とてもじゃないが、嘘をついているようには見えない。

「でも、それなら、どうして先輩が石膏像を壊した犯人にされてるんですか？」

エリカのもっともな疑問に、浩平はくやしさのにじんだ声で「……鍵だよ」と答えた。

「昨日僕が帰ってから、今朝先生が来るまでの間、美術室の鍵は閉められたままになってたんだ。もちろん、扉や窓が無理にこじ開けられたあともない。それに、地震が起きたわけでもないのに、あの重さの石膏像が勝手に倒れるはずもない」

「鍵の数は？」

「全部で2本。いつも美術の先生が持ち歩いているものと、もう1本——僕が最後に戸締まりをしたあと、職員室に返し忘れたまま、今朝まで持っていたやつだ」

「なるほど。それで玉木先輩が疑われたんですね。でも、先輩が犯人でないとすると……」

「完璧な密室トリックの完成というわけね！」

はしゃいだエリカが身を乗り出す。彼女が興奮するのもわかる。ふだん「便利屋」みたいに思われている悩み解決部に、推理小説のような謎が舞いこんできたのだから。だけど、人の不幸を喜んでよいわけがない。

美樹がとっさにたしなめようとする。その横で、隆也が脇に置いておいたマンガを手にして、エリカの頭を軽くはたいた。

「地蔵、何するのよ!?」

「落ち着け。それはそうと、玉木浩平、お前のアリバイを証明できる人間はいないのか?」

隆也の問いかけに、浩平が視線を床に落とす。アフロヘアーまで力を失ったように、しょんぼりとうつむきながら、彼は小声で答えた。

「一応、いるよ。僕が美術室の戸締まりをするとき、たまたま一緒にいた奴が」

「え、誰ですか!?」

「副部長の角田秀だ」

浩平の口から飛び出した人物の名に、美樹は額を手で押さえて天井を仰いだ。

美術部の部長と副部長の確執もまた、この永和学園においては有名な話だ。天才肌の浩平に対して、副部長の秀は几帳面な秀才タイプ。彼もまた数々の美術コンクールで入賞を果たしている。噂によれば中学時代の2人は、いつも一緒にいて、熱く美術論を語り合うほどの親友だったらしい。それが、何かをきっかけに、口をきくこともなくなってしまったという。同じ高校に進学し、同じ美術部に所属する今でも、2人は必要最低限の会話しかしていないという話だ。

「今度、美大受験の全国模試があるんだ。角田はその練習のために、昨日美術室に残ってた。ふだん、角田は、僕が話しかけてもほとんど無視するんだけど、やっぱり芸術家を志す者として、石膏像については特別な思い入れがあるらしい。僕がアフロディテの美しさについて語り始めた途端に、ちょっとした口論になっちゃって……あいつもあの時点では、石膏像が壊れていなかったことを見ていた。それから僕たちは部室を出て、鍵をかけてから、一緒に駅まで歩いて帰ったんだ」

「あら、それなら玉木先輩が無実だって、角田先輩に証言してもらえばいいじゃないですか」

「あのね、エリカ。玉木先輩は、それができないから困ってるんだと思うよ」

「なんでよ？　証人がいるなら、証言をしてもらえばいいだけじゃない」

「だから、そこは微妙な人間関係ってやつで……」

どうしたら、このお嬢様に人間関係の繊細さを理解してもらえるんだろう？

きっと副部長の角田秀は、浩平のために証言なんてしない。詳しいいきさつは知らないが、昔の大ゲンカのことを相当根に持っているらしいから、浩平の不幸をかえって喜ぶかもしれない。でも、他に浩平の無実を証明する方法はなさそうだし……。

腕を組んで思い悩む美樹の耳に、下校を知らせる鐘の音が聞こえてきた。同時に、今までじっと目を閉じ、話に耳を傾けていた隆也がおもむろに席を立った。

「地蔵？」

エリカがいぶかしげな声を上げる。それを無視して、隆也は浩平に向かって告げた。

「玉木浩平、お前の悩みは俺が解決してやろう。これから俺が角田秀を説得してくる」

「えっ？」

まさか隆也の口から、「説得」なんて単語が出てくるとは思わなかった。それ以前に、今の話を聞いた上で、そんな愚直な解決策を提案してくるなんて、美樹ばかりか、エリカまでもがあきれて、ポカンと口を開けてしまった。

「悩み解決部の2人、明日は幸い土曜日で学校は休みだ。お前たちは朝10時に、俺の家に来い。そのときまでに、俺が玉木浩平の悩みを解決してやる」

「何よ、地蔵！　部長の私に命令しないでよ！」

我に返ったエリカが隆也にかみつく。美樹もいろいろと問いただしたかったけれど、彼は石像のように冷たい一べつだけを残して、とっとと部屋を出て行ってしまった。

あとに残ったのは、美樹とエリカと浩平の３人だけ。外では激しさを増した雷雨が校舎の壁をたたいている。

「本当は今日中に何とかしたかったけど、隆也くんがあの調子じゃ、仕方ないわね。私たちも今日は帰りましょう」

ぶすっと頬をふくらませているエリカの肩をたたいて立ち上がる。美樹は2人を外に出すと、部室の扉に鍵をかけて、いつも通り、その鍵を職員室へ返しに行った。

この永和学園において、部室の戸締まりに使われている鍵はすべて職員室の真ん中に設置された大きなキーボックスの中に収められている。美術室も例外ではない。

悩み解決部の鍵を返す時に中をのぞいてみると、浩平が今朝戻したものか、悩み解決部のものとよく似た銀色の鍵に「美術室」というシールが貼られているのが見えた。

誰にも気づかれずに職員室から鍵を盗むことなんて不可能だ。やっぱり、エリカの言うように、誰かが密室トリックを仕組んだのか？　そもそも、浩平の証言は信用できるのだろうか？

雨足が強くなっていく帰り道を歩きながら、美樹は不穏なものを胸に感じていた。

翌日は、昨日の嵐が嘘のような快晴だった。

「……で、地蔵。わざわざ人を呼び出しておいて、昨日の悩みは解決できたんでしょうね？」

人の家であっても、エリカには遠慮がない。リビングの真ん中に陣取って、ソファーに座り、優雅に足を組んでいる。今日は隆也の家族が全員出かけていて居なかったからよかったものの、あまり他人様に見せられる姿じゃない。

しかし、家の主である隆也は気にしていないらしく、コーヒーを無言で美樹とエリカの2人に差し出して、向かいのソファーに腰掛けた。そのまま、みんなしてコーヒーを一口する。

「地蔵！　このコーヒー、濃すぎよ！」

「せっかくいい豆を使ってコーヒーを淹れたんだから、少しは香りを楽しんだらどうだ？　ちなみに、コーヒーの香りをかぐとアルファ波が出て、脳をリラックスさせるという研究結果も出ているらしいぞ」

「あのねぇ……」

エリカが苦虫をかみつぶしたような表情になる。

隆也はもしかして、エリカの反応を楽しんでいるのだろうか？　いつもと同じ無表情からは、答えが読み取れない。だけど、彼はコーヒーのマグカップを持ったまま、口の端を少しだけ愉快そうにつり上げて言った。

「ここでコーヒー談義をしていたって、あまり意味がない。結論から言うと、俺は昨日のうちに玉木浩平の無実を証明できた。『部長の玉木浩平が美術室の戸締まりをして、鍵を職員室に返しに行ったとき、アフロディテ像はまだ壊れていなかった。その後もずっと玉木と一緒にいたから、彼が像を壊していないのはたしかだ』と、副部長の角田秀が、美術部の顧問に証言をしたんだ」

「えっ!?　あの角田先輩に、そう言わせたの!?」

　美樹は持っていたマグカップを取り落としかけた。浩平をライバル視している秀のことだ。浩平の失敗を喜んでも、彼を助けることは絶対にないと思っていたのに……。実は、2人の不仲はうわべだけのことで、本当は親友だったなんてオチなんだろうか？

「玉木浩平と角田秀の不仲は、顧問ももちろん知っている。その角田秀が証言をしたんだから、顧問も玉木浩平の無実をすぐに信じたんだろうな」

「でも、いったいどんな説得をして、角田先輩に証言をさせたのよ？」

思い切りうさんくさいものでも見るように、エリカが眉根（まゆね）を中央に寄せる。そんな彼女の顔を正面から見返して、隆也はきっぱりと告げた。

「俺は何も強要していない。角田秀が自ら進んで証言したんだ。あいつは玉木浩平のアリバイを証明することで、自分のアリバイも作ろうとしたんだろう」

「…………は？」

隆也はこともなげに言ってのけたが、美樹にはその意味がさっぱりわからなかった。隣を見ると、エリカも自分と同じように首をひねっている。

「じゃあ、誰が犯人なのよ！　密室トリックは、どうなるの!?」

せっかくの密室トリックをないがしろにされたからか、エリカがやや不機嫌そうに言う。しかし、隆也は意（い）に介（かい）していない。

「2人とも、キーホルダーは持っているか？」

「は？」

「持っているなら、出してみろ」

「……何でよ？」

エリカの機嫌がさらに悪くなっていくのを感じる。美樹はあわてて、代わりに自分のキーホルダーをカバンから取り出した。

「何よ、美樹。地蔵の言うことを聞く必要なんて――」

「別にいいじゃないの、キーホルダーくらい。それに、隆也くんにはきっと何か考えがあるはずよ」

今までだって、ずっとそうだった。一見、意味不明に思える行動の裏には、いつも隆也なりの意図があった。

そのことを美樹が暗に告げると、エリカは自分も渋々キーホルダーを取り出した。ピンクゴールドのホルダーの中には、ピカピカに磨き上げられた鍵が2本つるされている。

「それで、私たちのキーホルダーがどうしたっていうのよ?」

もはや不機嫌そのものといったエリカの問いを、隆也は無視した。彼は差し出されたそれぞれのキーホルダーを見比べて、最後にエリカの持っている鍵を指さした。

「この鍵は何だ? おまえの家のものじゃないだろう?」

「えっ? どういうこと?」

不思議に思って、エリカの持っている鍵を二度見する。そんな美樹と反対に、こわばったエリカの顔を見て、隆也は断じた。

「これは俺たち悩み解決部の部室の鍵だ。顧問の小畑が持っているものと、通常職員室で保管されているものの２本しかないはずなのに、どうしておまえがそれを持っている？」

「ちょっと待ってよ、隆也くん。勘違いじゃないの？　だって、昨日は帰るときにちゃんと部室の戸締まりをして……って、まさか！」

美樹はハッとして息を飲んだ。意図を察した隆也がニヤリと得意げに唇の端をつり上げる。

「そう、３本目の鍵が存在する理由は簡単。藤堂エリカがやったように、スペアを作ればいいだけだ。部室の鍵なら、かくいう俺も持っている」

隆也が悪びれもせず、ズボンのポケットから鍵を取り出す。それを見た瞬間、美樹は思わずガクッとうなだれた。てっきりエリカがスペアキーを作ったことを責めるのかと思ったら、そういうわけでもないらしい。

「そうよ。もしものときに備えて、私が部室の合い鍵を作っておいたのは事実よ。けど、だからどうしたっていうのよ？」

怒られるわけではないと知って、開き直ったらしい。大きく胸を張ったエリカの前で、隆也が「まだわからないのか？」と言うように、ため息をこぼした。

「角田秀はお前と同じで、美術室の合い鍵を持っていた。部長の玉木浩平をライバル視している奴のことだ。玉木浩平が帰ったあと、こっそり戻ってきた美術室で、デッサンの練習をしているうちにアクシデントが起きたのか、それとも玉木浩平に罪をなすりつけるため、故意にしたことなのか、それはわからないし、俺の知ったことでもない。まぁ、密室で事件が起きて、限られた数の鍵しかないなんて状況は、小説やマンガの中にしかない。現実なんて、フタを開けてみれば、しょせんこんなものだ」

「でも、待ってよ！　まだわからないことがあるわ。どうして美術部員でもない地蔵が、角田先輩が合い鍵を持っていることを知っていたのよ？」

エリカのもっともな疑問に、美樹も隣でうんうんとうなずいた。たしかに隆也の言ったことが本当なら、すべて説明がつく。だけど、あの角田先輩が素直に最初から合い鍵を出したとは思えない。やっぱり隆也は、何らかの形で彼を脅したんじゃないだろうか？

美樹たち2人にじっとにらまれ、隆也はやれやれと肩をすくめた。

「お前たち、変な想像をしてないか？　俺は昨日、下校途中の角田秀の後ろに回って、形が似ている悩み解決部の鍵を落としてみせた。そして『これはお前のか？』と尋ねてみたんだ」

「それで？」

「あいつはあわてて自分のキーホルダーを取り出して、自分が美術室の鍵を持っていることを確かめた。そして、自分のものではないと言った。そう言ってしまった瞬間、奴は自分が真犯人だと見破られたことに気づいたんだろうな。俺が『玉木浩平のアリバイを証言してくれ』と頼んだら、簡単に承諾してくれた。玉木浩平のためではなく、自分のアリバイをアピールするためにだろう。『玉木は自分と一緒にいた』と言えば、自分のアリバイも成立するからな」

「……なんだ、そういうわけだったの。せっかく密室トリックが起きたと思ったのに」

すべてを聞き終えたエリカが、がっかりしたような顔つきで、残っていたコーヒーを一気に飲み干す。

「じゃあ、これにて悩み解決ってわけね。角田先輩は、先生たちからこってりしぼられることになるでしょうね」

「何でそうなる？　角田秀は自分のアリバイを証明した、と言っただろ？　俺は一緒に職員室まで付き添いはしたが、それ以上のことは何もしていない」

「は？……地蔵！　あんた、バカなの!?　そこまでわかっていながら、何で角田先輩が犯人だって言わないのよ!?　このままじゃ、事件は闇に葬り去られるだけじゃない！　私、これから学校に行ってくるわ！」

エリカが勢いよくソファーから立ち上がろうとする。その腕を隆也がつかみ、いつもと同じ抑揚のない声で言った。

「お前は何様のつもりだ？　いや、俺たちは、何様なんだ？」

「…………？」

エリカが思い切り眉をひそめる。彼女の気持ちが、美樹にもよくわかった。せっかくここまで判明しているのに、隆也はどうして犯人をかばうような真似をするのだろう？

リビングに不穏な空気が立ちこめる。責めるような美樹たちの視線を受けて、隆也は最後に特大級の深いため息をこぼした。

「お前たちは玉木浩平の依頼を忘れたのか？　あいつは俺たち悩み解決部に『自分の無実を証明してほしい』と頼んできたんだぞ。その悩みは、無事解決できたはずだ。俺たちは探偵でも警察でも、ましてや裁判官でもない。下手な正義感に踊らされて思い上がるな。角田秀が犯人だと証明したところで、何になる？　角田秀の今後の生活や玉木浩平との関係にまで、お前たちは責任を持てるのか？」

「…………」

隆也の声は相変わらず無感情で、淡々としている。しかし、だからこそ、いっそう厳しく聞こえる言葉に、美樹とエリカの２人は何も言い返すことができなかった。

N
CLOSE

［スケッチ］

就職面接

二階堂桔平は目を覚ました瞬間、自分が危機的状況にあることを理解した。

この間買ったばかりの遮光カーテンが、あまりにもいい仕事をしすぎたのだ。ふだんなら、まばゆい日の光が降り注ぐ中で、寝続けるほうが難しい。心地よい薄闇に包まれていたせいで、朝になっていることに気づかなかった。

「よりにもよって、今日は大切な面接が控えてるのに……って、いてっ！」

つぶやくと同時に、ガンッと鈍器で殴られたような痛みが頭に走り、桔平はベッドの中で、もんどり打った。痛みの原因は、どんなに頑張っても否定できないほど明白だ。

「昨日、都子の奴につられて飲み過ぎた……」

映画監督を目指している大河内都子と桔平は永和学園の同窓生で、通っている大学こそ違うけれど、今でも月に数回は会っている。サバサバした性格で、観察眼の鋭い都子と話すことは純粋に楽しかったし、何より就職活動が大変なこの時期、気軽に会ってくれる同窓生は、大学院への進学を決めている彼女くらいしかいなかった。

「今、何時だ？」

ベッドの横に置いておいた時計を見る。その針はきっちり9時を指していた。

まだギリギリ間に合う時間だ。けれど、この二日酔いをどうにかして、昨日新調したばかりのスーツと靴をおろすには、そろそろ起きたほうがいいかもしれない。

「メールのチェックはしておかないと……」

頭では、しなくてはいけないことの整理ができていても、体が追いつかない。桔平はズキズキ痛む頭を押さえながら、顔のすぐ横に放り出していたスマホに手を伸ばし——文字通りベッドから跳び起きた。

「ちょっと待て！　これは何の冗談だ!?」

スマホの液晶画面が示していた時刻は、11時38分。

「いや、今は9時のはずだろう!?」

すがるような思いで、アナログの時計をもう一度見る。その針はやっぱり9時を指したまま、そこから1ミリも動いていなかった。危機的状況どころではない。危機そのものである。

「マジかよ!?　面接は12時からだってのに!」

昨日は酔っ払っていたせいか、時計の電池が切れかけていることにも気づかず、スマホの目覚ましもかけずに爆睡してしまった。今日、絶対に外せない面接があることは、前々からわかっていたのに!

桔平に残された時間は22分——いや、もう21分になっている。どんなに急いだところで、12時には決して間に合わない。

「だからって、面接に行かないわけにはいかねぇぞ!」

桔平は大急ぎでスーツに着替えると、ズドーンと重たい頭を押さえながら家を飛び出し、近くの大通りでつかまえたタクシーに飛び乗った。

結局、桔平は30分遅れで面接会場にたどり着いた。それでも、奇跡的なスピードと言えた。

荒くなった呼吸を気力で抑えながら、即席の笑みを顔に浮かべてドアノブを回す。途端に、幾対もの目がこちらを見た。

部屋を埋め尽くしている就活生たちは、みんな似たような黒のリクルートスーツを着ており、期間限定で黒くしたであろう髪は丁寧に整えられている。当然だけど、桔平みたいに寝ぐせのついている者なんて一人もいない。さらに言うなら、自分に向けられた眼差しも寸分違わず、つららのように冷たくなっている。

「申し訳ありません。自分のミスで、面接に遅れてしまいました。本当に申し訳ありません」

こういうとき、平謝りをする以外の方法が桔平にはわからない。だから、心の底から謝罪し続けた。しかし、桔平がいくら謝ったところで、部屋を満たすどんよりとした空気が変わることはなかった。

この会社は「寛容な職場を目指している」と、公式ホームページにも書いてあるのに、誰一人として桔平の遅刻を許す気にならないらしい。結局、最悪の雰囲気の中で、面接はスタートした。

「……で、結局、その面接結果はどうなったの？」

就職面接から１週間が過ぎた夜、都子は興味津々といった顔つきで、目の前の席に座っている桔平を観察していた。さすがの彼も度重なる面接で疲れたのか、買ったばかりだというスーツまで、今夜はくったりして見える。

「ねぇ、それで面接に合格する人はいたの？　ビールばっかり飲んでないで、早く教えてよ」

都子にせっつかれ、桔平が持っていたジョッキを力なくテーブルの上に置く。やがて、彼は苦々しげなため息とともに、答えを吐き出した。

「結果だけ言うなら、今回の面接結果は全員不採用だったよ。今年の新入社員はゼロ！」

「え、どうして？　中には、使えそうな人もいたんでしょ？」

面接の前日に会ったときには、めぼしい応募者の経歴や、会社のこれからの目標について、意気揚々と語っていた。それなのに、どうして急に心変わりしてしまったんだろう？

本気で不思議がっている都子を見て、桔平は大きく肩をすくめた。

「都子と一緒で、俺もちょっともったいないことをしたかなぁ、とは思っているさ。だけど、うちの会社で一番大切にしてんのは『職場の寛容性』なんだぜ？　なのに、社長の俺が面接に少し遅刻したくらいで、あんなにイラつくなんて……それじゃあ、開発の現場で実際にミスや遅れが生じたときに、どうなるかわかったもんじゃない。それに、会社では『社長が絶対』ってことをわかってないんだよなぁ」

「そういうもんなの？」

「そういうもんさ」

不機嫌そうに言うと、桔平は店員が持ってきた揚げ出し豆腐を黙々と食べ始めた。その姿はすねた子どものようで、とてもじゃないが、有能な学生起業家には見えない。

もし、これが映画だったら……と、都子は思わず考える。

ヒューマンドラマだったら、桔平はちょっと変わった天才肌で、主役を務められるかもしれない。だけど、コメディーの登場人物だったら、ただの変な隣人で終わってしまう。

彼はこの先、どちらに転ぶだろう？

眉間にシワを寄せている桔平の顔をじっと観察しながら、都子もまた、今日は余計なことを言わずに、運ばれてきた焼き鳥を黙々と食べ始めた。

予告された襲撃(しゅうげき)

学園生活には、行事もテストもない、無風状態の時期がある。今は、ちょうどそんな時期で、のんびりとした空気が永和(えいわ)学園全体を覆(おお)っている。

その日の放課後、いつものように悩み解決部の部室に来たエリカは、会議机に頰(ほお)をくっつけて、ボソッとつまらなそうにつぶやいた。

「ヒマすぎて死にそうだわ。誰か悩みの相談に来ないかしら?」

「エリカの気持ちはわかるけど、悩みごとがないなら、それが一番じゃない。誰だって、好きこのんで悩みを抱えるわけじゃないんだから」

美樹(みき)の答えに、エリカが「『悩みがないのが一番』って、それ、この部の存在意義を否定してない?」と、不服そうに頰をふくらませる。

まさにそのときだった。まるでエリカの反応を待っていたかのようなタイミングで、部室の扉がドンドンッと激しくたたかれた。

「誰!? 悩みの相談?」

エリカがキラッと目を輝かせる。

「待って! なんだか様子がおかしくない?」

ふつうのノックよりも明らかに音が大きく、力強い。もしかして顧問の小畑花子が、何かお説教をしに来たのではないだろうか? いや、小畑はノックなんかしない。

不安に思った美樹が席を立ち、外の様子を確認しようとした。その直前で、扉が外から開いた。そこに立っていたのは——、

「委員長!?」

一年A組の学級委員長、小野寺彰人が青ざめた顔でスマホを握りしめていた。もともと存在感が強いわけではない彰人だったが、今日はさらに唇まで青くなり、幽霊のようになっている。どう見ても、尋常ではない。

「委員長、大丈夫? 何があったの?」

美樹が尋ねる。その言葉に重ねるようにして、彰人が切羽つまった顔で叫んだ。

「悩み部のみんな、大変だ！　クロスケの身が危ないんだ！」

「……はぁっ⁉　何それ⁉」

エリカが机の上からガバッと勢いよく体を起こし、めずらしく興味をそそられたらしい隆也が、読みかけの本を閉じる。ひとたび「悩み解決部」の看板を掲げた以上、美樹が望むかどうかにかかわらず、悩みのほうが向こうからやって来るらしい。

「で、クロスケの身に何が起きたって言うの？」

エリカが身を乗り出し、先を急かす。美樹たちが見守る中、彰人は緊張した面持ちでゴクッとツバを飲みこむと、「実は……」と、先ほど自分が見てきたことを語り始めた。


ホームルームが終わったあと、塾に行くまでの間、小腹が空いた彰人は、学校の近くのファストフード店に立ち寄って、ハンバーガーをつまみながら塾の予習をしていたという。

「そこで僕、聞いたんだよ。私服だったから、どこの学校の生徒かわからなかったけど、ガラの悪そうな連中が3人で話してたんだ。『エイワの黒田、どうにかしねぇ？　あいつさえいなきゃ、ウチの学校が勝つのは間違いねぇのに。今度見かけたら、ちょっとトレーニングにつき合ってもらうか』って！」

「ふーん。それで、委員長はその『黒田』が、うちのクラスのクロスケだと思ったのね？」

エリカの問いに、彰人がコクンとうなずく。

「僕は、運動部のことはよく知らないけど、たしか来週の日曜日、クロスケたちバスケ部は、何かの大会に出るらしいんだ。その前に、クロスケの身に万が一のことがあったら……！」

「何だ…そんなこと？　なら、さっさとクロスケに、そのことを注意してあげればいいじゃない。まぁ、一昔前のヤンキーマンガじゃあるまいし、そんなお礼参りみたいなこと、ふつうはしないと思うけど」

いったいどんな展開を期待していたのだろう？

彰人の説明に肩すかしを食らったらしいエリカが、残念そうな顔つきで、落ちてきた髪をかき上げる。これで、この話は終わるかと思った。が、いつも穏やかな彰人が、めずらしくエリカのことをキッとにらんで言った。

「藤堂さん、『そんなこと』じゃないよ！　僕だってあの場にいなかったら、こんなには心配しなかったかもしれない。でも、あいつらは本当にヤバそうな雰囲気だったんだよ！　だから、一刻も早くクロスケに連絡を取りたいのに、バスケ部は今日休みで、もう帰っちゃったみたいだし、僕はクロスケの携帯番号を知らないし……悩み部なら、みんなの連絡先を把握してるよね!?」

「は？　委員長、あなた、悩み解決部のことを電話のオペレーターか何かと勘違いしてない？」

期待に顔を輝かせる彰人と対照的に、不機嫌そうな顔つきになったエリカが、カバンの中からスマホを取り出す。何をするのかと思っていると、彼女は電話帳のページを開き、液晶画面を彰人の眼前につきつけた。

「え、これって……」

とまどう彰人を見て、エリカが大きくうなずく。

「私が登録してるのは、美樹の連絡先だけよ！　美樹は親友だから、特別なの」

「……エリカ、それ、単に友だちが少ないだけに見えるよ」

どうしたら、このお嬢様に世間一般の感覚を理解してもらえるのだろう？　エリカの堂々とした態度を見ていると、美樹は時々、自分のほうが変なのではないかと思ってしまう。

「え、それじゃあ、地蔵は……」

彰人が救いを求めるような目で、隆也を見る。しかし、彼のほうもエリカとは別の意味で常人離れしていた。

「俺に何を期待しているのか知らないが、俺はそもそも携帯など持っていない。このタブレットさえ持っていれば、いつでもネットに接続できるし、電子書籍も読めるから、問題ない」

隆也らしい意見だが、こっちも胸を張って言うようなことではない。本当に、この2人は……。

ムンクの「叫び」のような、絶望的な表情になった彰人の前に、美樹はあわてて自分のスマホを差し出した。

「委員長、安心して！　黒田くんの番号なら、私が知ってるから！」

「相田さん……！」

「えーと、まずは黒田くんに電話して、事情を伝えればいいのよね？」

そう言うなり、美樹は「黒田亮平」と登録されている番号に電話をかけ、残りのみんなにも会話が聞こえるように、スピーカー設定にした。

彰人が、緊張に息を飲むのが気配で分かる。全員がじっと応えを待つ中、トゥルル、トゥルルと、耳慣れた呼び出し音が部室に響き――10回を過ぎた頃、ようやく亮平が電話に出た。

「相田さん？　何？　どうかした？」

高校生にしては低くかすれた声が、スマホを通して部室に届く。

「もしもし、黒田くん？　突然で悪いんだけど、委員長が話したいことがあるんだって。今から少し替わってもいい？」

答えはもちろんOKだと思っていた。なのに、いつも豪快な性格の亮平らしくない。彼は、「ごめん、今ちょっと無理だから」と、電話を切ろうとする気配を見せた。

「待ってよ、クロスケ！　大変なんだよ！」

焦った彰人が、ツバを飛ばす勢いでスマホに話しかける。

「誰か知らないけど、他校の生徒がクロスケのことを狙ってるんだ！」

「ちょっと今、取り込み中だから、またあとで電話する」

「待って！　お願いだから、切らないで！」

彰人の懇願もむなしく、ブチッと通話が切られた。ツー、ツー、という無機質な音だけが、部室内にやたらと大きく響いて聞こえる。

彰人は一瞬、この世の終わりのような顔になったけれど、それでもあきらめなかった。「相田さん、さっきの番号を教えて！」と言うなり、今度は自分のスマホで亮平に電話をかけてみる。

だけど、何度試したところで、結果は同じ。「おかけになった電話をお呼び出しいたしましたが、おつなぎできませんでした」という、お決まりのアナウンスが繰り返される。

もはや青を通り越して真っ白になった彰人の肩に、後ろから近づいてきたエリカが、安心させるようにポンッと手を置いた。

「そんなに心配しなくても平気よ、委員長。クロスケに何かあるなんてあり得ないから」

「でも、僕のせいで、クロスケに万が一のことがあったら……！」

「だぁかぁら、大丈夫だってば！　それより、下校のチャイムが鳴ってるわ。このままここにいたって何も変わらないんだし、今日はもう帰りましょ」

「何で大丈夫って言えるのさ!!　クラスメイトに何かあるかもしれないのに、いくら何でも冷たすぎるよ！」

「はいはい。冷たくても何でもいいから、行くわよ」

もしかしたら、単に今までのやりとりにあきてきただけなのかもしれない。エリカが嫌がる彰人の手を引っ張って、部室を出て行く。

美樹も少し気がかりではあったけれど、エリカが言っていたように、昔のヤンキーマンガではあるまいし、亮平が襲撃されるとも思えない。2人のあとを追って、この日はおとなしく帰ることにした。


しかし、美樹たちの予想に反して、問題は起きてしまった。

翌朝、登校した美樹とエリカを待ち受けていたのは、幽霊でも見たような、いや本人が亡霊にでもなったように顔から生気が抜け、今にも泣きそうな表情で震えている彰人だった。その見つめる先には、昨日までピンピンしていたはずの亮平がいる。ただし、今、亮平の右手はまっ白な包帯で覆われていた。

「ああ！　僕が不甲斐なかったせいで、ごめんなさい！　僕が昨日、悩み部のみんなに止められても、ちゃんと行動していたら、クロスケが襲われることもなかったのに！」

あとから教室に入ってきたクラスメイトたちが、「何？　朝からお芝居の練習でもしてるの？」と、首をかしげながら集まってくる。

「本当にごめん、クロスケ！　僕がもっとちゃんとしていれば……！」

「おい。落ち着けよ、委員長」

深く頭を下げた彰人の脳天に、ピシッと鋭いチョップが決まる。手を出したのは、意外にも、さっきから謝り倒されている側の亮平だった。ハッと顔を上げた彰人を見て、彼は無事なほうの左手でポリポリと困ったように頬をかいた。

「昨日から、お前、俺が狙われてるってずっと言ってるけど、何の話をしてるわけ？」

「へ？　だって、クロスケ、そのケガは他校の連中にやられたんだよね？」

「はぁっ!?　他校の連中って、誰だよ？」

亮平が思いきり眉をひそめる。彼は一瞬、からかわれていると思ったようだが、真剣そのもののといった彰人の顔を見て、「いや、このケガはさ……」と、少し気まずそうに包帯の巻かれた手をなでながら、口を開いた。

「大事な試合の前だってのに、昨日、電車の中で変なオッサンにからまれてさ。急にどつかれて転んだせいで、手首を捻挫したんだよ」

「どつかれた？　高校生じゃなくて、オジサンに？　どうして？」

目を丸くした彰人に迫られ、亮平は渋々といった口調で答えた。

「俺もたしかに悪かったんだけど、昨日お前たちから電話がかかってきたとき、ちょうど電車に乗っててさ。電話に出たら、近くにいたオッサンが『電車の中で携帯で話すな！』ってブチ切れて、俺のスマホを取り上げたんだよ。だけど、スポーツをやってる人間が、素人のオッサン相手に、手を出すわけにはいかないだろ？　だから、代わりに口で抗議したんだけど、そうしたら、怒り狂ったオッサンにつき飛ばされて手首を捻挫するわ、スマホを踏まれるわ、さんざんな目に遭ったんだよ」

「え？　それじゃあ、そのオジサンにからまれた原因って、僕の電話……？」

「ま、まぁ、委員長は俺が電車に乗っているのを知っていたわけじゃないから……」

「何回電話してもつながらなかったのは……」

「オッサンにスマホを壊されたからだよ」

「なら、他校の生徒に襲撃されたわけじゃないんだね？　よ、よかった……！」

全身の力が抜けたように、彰人がその場にヘナヘナと座りこむ。亮平には何が起きているのかさっぱりわからないようだったが、美樹たちにとっては、今の会話だけで全部理解できた。

「ほら、私の言った通り、何も問題なかったでしょ？」

近づいてきたエリカが、したり顔で彰人に話しかける。気づいた彰人は、いまだ緊張に激しく脈打つ心臓を押さえながら、素直に頭を下げた。

「昨日、悩み部のみんなのこと、『血も涙もない人間だ』なんて思って、悪かったよ。本当にごめん。」

「そんなこと思ってたの？　初耳だけど⁉」

エリカが厳しくつっこむ。

「ご、ごめん…。でも、どうしてみんなは、クロスケが襲われることはないって、わかってたの？」

「だって、クロスケが狙われる理由がないから」

「…………？」

エリカの即答に、彰人がパチパチと不思議そうにまばたきを繰り返す。その様子を遠巻きにながめていた美樹は、「えーと」と、言葉を選びながら口を開いた。

「みんなが知っているように、黒田くんがバスケに情熱を注いでいるのは本当よ。ただね、委員長はスポーツにあまり興味がないから、知らなかったのかもしれないけど、黒田くんは別にバスケ部のスター選手ってわけじゃないの。まだ1年で、スタメンでもないし、その……他校の生徒が、わざわざケガをさせてまで、試合に出られないようにしてやろうって思うほどじゃないのよ」

「ケガをしていなくても、試合には出られないんじゃない？」

エリカが余計なことを付け足す。

「へ？　それじゃあ、今回のことは全部、僕の勘違いだったってこと!?」

穴があったら、今すぐ飛びこみたいといったような表情で、彰人がまっ赤になった顔を手で覆う。その肩を、亮平が後ろから慰めるようにたたいて、ニヤッと笑った。

「ま、今回は委員長の勘違いだったけど、次は分からないぜ？　俺の隠れた才能を恐れている奴らは、結構いるからな」

クロスケの屈託のない軽口に、それまでしょげていた委員長の顔にも明るさが戻った。

［スケッチ］

審美眼

物心がついた頃からずっと、玉木浩平は絵を描くことが好きだった。もしかすると、人生で最初のプレゼントがクレヨンだったことと関係しているのかもしれない。

まっ白な画用紙を前にすると、胸がふるえた。自分の描いた線が一色一色重なって、新しい世界を創っていく。こんなに楽しいことはない。

ただ、小学生の頃は、「絵が好き」と言うと、いつも遊んでいる男友だちから仲間はずれにされそうな気がして、自分の趣味を言い出せなかった。だけど、中学生になったとき、浩平は思いきって美術部に入った。

結果、すぐに入部してよかったと思った。そこには、クラスは違っても同学年の男子生徒――角田秀がいたのだ。

初めて秀に会ったとき、浩平はなんて話しかけたらいいいか、わからなかった。何しろ秀は、同い年の子たちよりはるかに大人びていて、シャープな銀色の眼鏡をかけている姿は、生真面目な優等生そのものだったのだ。

「こんな奴とうまくやっていけるかな？」と、浩平は不安に駆られたが、結局は杞憂に終わった。浩平は、秀の生み出すアートの世界に、あっという間に魅了されたのだ。

秀の絵は、技術的に優れている、というだけではなかった。彼が描く肖像画は、その人の奥深い感情をも表現しているように見えた。

大好きな美術を通じて、最高の親友にめぐり会えたと、浩平は思った。秀のほうもそう感じてくれたらしく、2人はすぐに仲良くなった。学校のある日は、いつも最終下校ギリギリまで美術室に残って絵を描き、休日には少ない小遣いをやりくりして、2人で美術館めぐりをした。

毎日が楽しかった。こんな日がいつまでも続けばいいと思った。ただ一つの点を除いて。

浩平は、美術部の顧問と、とことん馬が合わなかったのだ。

「玉木くん、あなたの絵からは、驚くほど何も伝わってこないわねぇ。『無』が作品のテーマであると言うのなら、あなたは天才かもしれないけど」

もちろん、ほめ言葉ではない。

「この絵、分離派展に出品していた頃のカンディンスキーの真似？　あなたは、彼ほどの理論を持っているの？」

浩平がどんな絵を描いても、「絵の理論」とか「コンセプト」とかを振りかざして、必ずケチをつけてくる。そして最後には必ず「才能がないのに絵を描くのが好きだなんて、かわいそうね」と言い放つのだ。

浩平は今まで、ただただ好きで絵を描いてきた。誰かにほめられたかったわけでは決してない。自由に絵を描ける場所さえあれば、それで十分だと思っていた。けれど、こうも繰り返し嫌味を言われては、さすがにへこむ。

そんなとき、いつも慰めてくれたのが、親友の秀だった。

「俺は、浩平の描く絵が好きだよ。お前を見ていると、自由でいいなって、いつも思う」

「秀……」

親友のはげましに、浩平は思わず涙を流しそうになった。

秀は自分の才能を認めてくれている。それに、彼は「みんな、浩平の絵が好きなんだから、それでいいじゃないか」と言ってくれた。

浩平も、それでいい気がした。だけど一つだけ、素朴な疑問が胸に浮かび上がってくるのを無視できなかった。

――あの顧問は、美術のことが本当に好きなのだろうか？

顧問自身がすごい才能の持ち主だったなら、どんな嫌味にもたえられただろう。けれど、彼女の言うことが的を射ているものなのかも、よくわからない。そのことが浩平をイラ立たせた。

そんなある日、ついに浩平の我慢は限界に達した。夏休みの間、浩平が一生懸命作り、美術室の片隅に置いてあった粘土作品を、顧問が鼻で笑ったのだ。

「こんなもののために１ヶ月も時間を費やすなんて、すごい情熱というか、忍耐力ね。３Ｄプリンターなら、１時間で作れるんじゃないの？　それに、この人物のバランス！　人間の腕はこんなに長くないし、首もこんな角度で曲がったりしないわ。粘土遊びをする前に、もっと人間をよく観察したら？」

顧問はあざけるような口調で言いたいことを一方的に告げると、浩平を一人残して、部屋を出て行った。

浩平はこのとき初めて、くやしいと涙が出るということを知った。

自分はたしかに未熟かもしれないけど、あんな言い方をする必要ないじゃないか！　こんな部活、今すぐやめてやる！

美術室に置きっ放しにしていた画材をカバンにつっこみ、浩平が部屋を飛び出そうとした。そのとき、後ろのほうでガタッという音がした。見ると、開けっ放しになっていた扉の先に、秀が立っていた。

「あ、ごめん。盗み聞きをするつもりはなかったんだけど、忘れ物を取りに来たら、先生の声が聞こえてきて……」

もごもごと一生懸命、言い訳を口にする。その顔に、いつもの大人びた雰囲気はない。気まずそうに目をそらす親友を見て、浩平はきっぱりと告げた。

「僕、美術部を辞めるよ」

「はっ!?　何でっ!?」

「何でって……今のやりとりを見てたんなら、わかるだろ？　絵を描いたり、何か作ったり……美術のことは好きだけど、さすがに心が折れたんだよ。それに、絵を描いたりすることは、美術部にいなくてもできるし。そういう人って、世の中にいっぱいいるだろ？」

浩平がわざと明るい口調で言った。その言葉に、秀は首を大きく横に振って叫んだ。

「美術部を辞めるなんて言うなよ、浩平！　あんな奴の言うこと、気にしちゃダメだ！」

自分のために本気で怒ってくれているのか、秀は拳をギュッと握りしめ、顔をまっ赤にしている。そのことだけでも驚きだったのに、浩平は、いつもクールで礼儀正しい秀が、顧問のことを「あんな奴」呼ばわりしたことにビックリしていた。

「あの顧問には、美術を見る目がないいんだ！　浩平の作品をぼろくそにけなしたみたいだけど、そもそもあいつには自分の考えなんてないいんだよ！」

「え？　でも、僕の作品を見るたびに、結構、具体的でひどい嫌味を言ってるよ。何か自分なりの価値観があるからこそ、そういう言葉が出てくるんだろ？」

「『自分なりの価値観』？　そんなの、あるわけないよ。あいつは単なるオウムだ。美術部のみんなが言ってることを真似して、繰り返してるだけなんだよ！」

「…………え？」

一瞬、浩平は秀の言っていることが理解できなかった。

オウム？　みんなが言ってることを真似している？　ということは……。

浩平の不可解そうな眼差しを受けて、秀が「しまった!」というように、口を手で押さえる。浩平は、このときになって初めて気づいた。顧問だけでなく、親友だと思っていた秀も含め、実は美術部のみんなが、自分の作品を小馬鹿にしていたことに。

それから、5年後。くしくも秀と同じ永和学園に入学し、高校2年生になった浩平は、一人きりの美術室で大きくのびをした。

やはり自分には、元々ある程度の才能があったらしい。みんなから馬鹿にされたことがくやしくて、パースの取り方や、デッサンの仕方など、美術の基礎を猛勉強するようになってから、数々のコンクールで入賞を果たすようになった。

そのおかげで、浩平は美術の道に進む決意をしたのだが、あれ以降、秀との仲が戻ることだけはなかった。同じ高校に通い、同じ美術部に所属する今も、必要最小限のことしか話さない。再び2人で笑い会える日は来るのだろうか? それとも……。

中学生の頃の浩平が、今の自分と秀の関係を想像できなかったのと同じように、未来は誰にもわからなかった。

おとり捜査

「彼氏が浮気しないか、心配でしょうがないの」

水沢芙美が泣きそうになりながら告白した。その言葉に、美樹は思わず顔をしかめた。

悩み解決部のことを便利屋だと勘違いしている生徒は少なくない。「宿題が終わらなくて悩んでいる」とか、「荷物が重くて、持ち帰れずに悩んでいる」とか、「悩んでいる」を最後につければ、何でもいいと思っているのだ。そういう輩は、たいていエリカに一喝されて、すごすごとこの部屋を去ることになる。

芙美も、悩み解決部のことを、便利屋とは思わないまでも、興信所だと思っているのかもしれない。もっとも彼女の場合、悩み解決部の能力を信じてと言うより、「クライアントの秘密は絶対に守る」というポリシーに引かれて、恋愛相談を持ちこんできた可能性がある。

いや、そもそも部長のエリカには、誰かの秘密をこっそりと伝えられるような友だちがいないから、安心だと判断したのかもしれない。自分がエリカと同じ側に分類されているのかと思うと、美樹は少し複雑な気持ちになったけれど、今は黙っていることにした。なぜなら、部室に来た芙美の目つきは真剣そのもので、茶々を入れている余裕はとてもなさそうだったのだ。

芙美は決して美人というわけではなかったけれど、女の子らしい女の子といった感じの子で、クラスの男子たちからも人気がある。だけど、みんなが「いいよね」と噂している笑顔も、今は封印されている。

「また恋愛の相談？　なんか最近、多くない？」

「エリカ……高校生にとって、恋愛は最大の悩みの一つよ」

退屈そうに目を細めている親友を見て、美樹はこみ上げてきたため息をのみこんだ。このお嬢様にとって、世間の常識は通じない。

今日、隆也は図書館に寄る用事があるということで、先に帰った。エリカと2人しかいない今、自分がしっかりしなければならない。美樹は気を引き締めたが、その心意気と反対に、芙美は力なくうなだれて告げた。

「実は私ね、この間、隣のクラスの大島くんに告白されて、つき合うことになったの」

「……で、つき合ってみたはいいけれど、性格の不一致に気づいて、一緒にいるのが嫌になった、と。それとも、早々に浮気でもされた？　なら、別れなさい。以上よ」

　恋愛相談というより、離婚相談のような受け答えをして、エリカが口を閉じる。しかし、芙美は引かなかった。上目遣いにエリカを見て、ゆっくりと首を横に振る。

「今のところ、大島くんと私の間で、問題は起きてないわ」

「は？　それなら、何で悩み解決部に——」

「今は良くても、これからのことが心配でしょうがないの……」

「…………？」

　豆鉄砲を食らった鳩のように、エリカが目をパチパチさせる。芙美は気にせず、胸の前でギュッと手を組んで続けた。

「向こうから告白されてつき合うようになったんだけど、私のほうが大島くんのことをもっと好きになっちゃったの。でも、大島くん、ＬＩＮＥでも全然応えてくれないし、電話にもなかなか出てくれないし……」

「やっぱり浮気されてるんじゃないの？」

「違うの！　大島くんと仲のいい男子たちに確認したから、それは大丈夫。でも、この先はどうなるか、わからないじゃない？　私は特別美人なわけでもないし、もしすごくきれいな人が大島くんに言い寄ってきたら、ふられちゃうんじゃないかって……そんなことを考えてると、心配で夜も眠れないの」

「…………」

芙美の不安をまったく理解できないのか、エリカは口をポカンと半開きにしている。

芙美は極度の心配性なのか、それとも自分に自信が持てないのだろうか。クラスの男子にも好かれているというのに……。そういえば、大島大輔から告白されたあと、大勢の人に「これって、ドッキリじゃないわよね？」と、何度も確認して回っていたという噂も耳にした。

「ねぇ、どうしたら、この不安は消えるのかしら？」

芙美の心細げな声に、美樹は答えにつまった。こういう主観的な悩みの場合、解決するのはひどく難しい。結局のところ、芙美に「もう大丈夫だ」と納得してもらう以外に方法はないが、どうしたらその心境に達してもらえるだろう？

美樹が困っていると、今まで呆然としていたエリカが急に乗り気になって、口を開いた。

「水沢さんの悩みを解決することは、簡単よ」

「え？」

「実際に、彼氏の大島くんを試してみたらいいんだわ。日本の警察では認められていないけど、ＦＢＩがやる、あれよ！　おとり捜査よ！」


次の日曜日、美樹はエリカと一緒に、隆也の家を訪ねていた。といっても、この日の目的は隆也ではない。

「美樹ちゃん、エリカちゃん、できたわよ。こんな感じでどう？」

そう言って階段を下りてきたのは、隆也の姉である都子――のはずだった。

「えーと、都子さん……で、いいんですよね？」

おずおずと確認する美樹を見下ろし、都子がフフッと楽しげに笑う。顔の作りだけでなく、まとう雰囲気までもが、１時間前に会った時からガラリと変わっていた。

都子は本来、目元の涼やかな美人で、デニムなどのカジュアルな服をよく好んで着ている。だけど、今の彼女は、どこからどう見ても、ホワホワ系のかわいい女子高生だ。きれいに巻いたロングの髪も、黒目がちの大きな瞳も芙美に似ている。これは大輔の好みに違いない。

「本当にすごいですね。お化粧と衣装だけで、ここまで見た目が変わるなんて」

「未来の映画監督として、これくらいできて当然よ。さぁ、次はその芙美ちゃんって子の話し方や仕草を教えてちょうだい！」

都子は、美樹がビックリするくらい、今回のおとり捜査に乗り気だった。ふつうにお願いをしたのでは無理だったかもしれないが、隆也の入れ知恵で「人間観察」と「演技の練習」というキーワードをちらつかせたところ、目を輝かせて協力を申し出てくれた。

「えーと、それでは都子さん、まずはこの写真を見てもらって……」

この間、スマホで撮った芙美の写真を差し出す。そのあと、美樹とエリカの2人は芙美の仕草やしゃべり方を都子にレクチャーし、彼氏の大輔が好きなものなどの情報を次々にインプットしていった。

「ニセ水沢芙美」——つまり、大輔のストライクゾーンど真ん中の女子高生の完成である。

日曜日の午後、駅の改札は待ち合わせの人たちでごった返していた。手持ち無沙汰にスマホを見ている人や、ボーッと広告をながめている人たちが鈴なりに並んでいる。

柱の陰から様子をうかがっていた美樹たちは、スマホをいじっていた大輔の手が、ピタリと止まるのを見た。さわやかな顔立ちが不満そうにゆがむ。芙美との打ち合わせ通りにことが進んでいるのなら、大輔は今、彼女からデートをドタキャンされるメールを受け取ったはずだ。

「よし、今ね」

大輔が渋々歩き出したのを見て、都子が柱の陰から飛び出す。彼女はまっすぐ彼の元に歩いて行って――笑顔で手を振った。

「中村くん？　中村くんじゃないの！　すっごい久しぶり！」

もちろん、大輔の名前は「中村くん」ではない。スルーしようにも、明らかに自分のほうに近づいてくる都子を無視できず、大輔がとまどいがちに足を止める。そんな彼に向かって、都子は満面の笑みで話しかけた。

「中村くん、私のこと忘れちゃった？　中学のとき、同級生だった大河内都子よ」

「……失礼ですが、人違いです。俺は中村ではありませんから」

「またまたぁ！　とぼけちゃって」

「いえ、本当に違うんです」

「え、でも……」

このときになって初めて、都子の顔に困惑の色が浮かんだ。

「あの……本当に、あなたは中村くんじゃないの？」

「はい」

真顔でうなずかれ、都子は耳までまっ赤になった。

「やだ！　私ったら、恥ずかしー！　ごめんなさい。中村くんによく似ていたものだから、つい……」

「そんなに似てるんですか？　その中村って人と俺って」

「はい。私の好みド真ん中です」

都子が勢いよく答える。次の瞬間、彼女は「あっ！」と叫んで、再びまっ赤になった。大輔がつられてプッと吹き出す。

「かかったわね」

エリカが隣でつぶやいた一言に、美樹は無言でうなずいた。映画監督を目指しているだけあって、都子の演技にはスキがない。今の彼女は、いつものサバサバした性格からは想像もつかないほど、一つひとつの仕草が愛らしい。

女の子にこんなことを言われて、嫌がる男なんてきっといない。それが、自分の彼女によく似た、好みのタイプならなおさらだ。

「あのぅ、もしよかったら、あなたの本当の名前を教えてもらえませんか？　できれば、連絡先も。このままお別れするのは、なんだか惜しい気がして」

都子がついに勝負に出た。ここで大輔が誘いに乗れば、芙美の心配は現実となる。

グッと身を乗り出す美樹たちの前で、大輔は少し考えこみ——きっぱりと首を横に振った。

「そうですよね。急に知らない女から声をかけられたら、ふつうは怪しみますよね」

これでおとり捜査は終了だ。引き際まで自然と見えるように、都子が悲しげな顔できびすを返す。

その姿を遠くからながめていた美樹は、ホッと胸をなで下ろした。

よかった。大輔は好みの女の子に声をかけられたからといって、簡単に誘いに乗るような男ではなかった。これで、芙美にいい報告ができると思った——が、次の瞬間、去ろうとする都子の腕を大輔が後ろからつかんだ。

「えっ？　まさかこれって……」

意外な展開に、エリカが息を飲む。今度は素なのか、演技なのか知らないが、同じようにギョッとしている都子に、大輔は静かに告げた。

「ごめん。声をかけてもらったお礼は言いたくて。できるなら、半年前に会いたかった」

「……今、彼女がいるってことですか？」

都子がかすれた声で、尋ねる。その顔を正面から見返して、大輔は再びゆっくりと首を横に振った。


「ちょっと、どういうこと!?」

「エ、エリカ、苦しい……！　そんなこと、私に聞かれても！」

肩をガクガク揺さぶられ、美樹は頭の中がますますこんがらがっていくのを感じた。大輔には今、芙美という立派な彼女がいる。それなのに、「彼女がいない」と答えるなんて、どういうつもりだろう？

「彼女がいないなら、どうして？」

都子が演技の延長として、切なげな表情で尋ねる。大輔はしばらく迷ったあと、淡々とした声で告げた。

「あなたも、俺の好みど真ん中です。だけど、あなたは俺の前の彼女に似過ぎてるんです」

「……前の彼女？」

エリカの疑問なんて、大輔の耳には届いていない。それでも、まるでその問いに答えるかのようなタイミングで、彼は言った。

「正確に言うと、まだつき合ってる彼女なんですが、束縛がきつすぎて……もう別れようと思ってるんです。あなたのようなタイプ、俺、大好きなんですけど。でも、あまりにも彼女に似てるから、彼女のことを思い出してしまいそうなんです。ごめんなさい！」

おとり捜査のあと、美樹とエリカは悩みに悩んだ末、芙美に洗いざらいすべて電話で話すことにした。

正直に言うと、美樹はそのことに反対だったのだけれど、結局、エリカの「自分に関係することなんだから、すべてを知る権利があるわ」という発言に押し切られてしまった。

当然ながら、大輔の本音を知らされた芙美は、ショックを受けたようだった。

その後、悩み解決部の名前は出さないまま、2人は今回のことでもめて、結局、別れてしまったという。

後味の悪いラストに、美樹は何度も反省した。

「やっぱりあのとき、エリカを止めておけばよかった」という後悔と、「話さなかったとしても、結果は変わらなかったはずだ」という、あきらめにも似た思いが、振り子のように心の中で行ったり来たりする。エリカのほうは、今回の結果をどう受け止めているのだろうか？


そんなふうにしながら1週間が過ぎた頃、部室でぼうっとしている美樹と、いつものように黙々と本を読んでいる隆也のもとに、掃除当番で遅れてきたエリカが、妙にうきうきした顔で飛びこんできた。

「聞いてよ、美樹！　水沢さんは大島くんと別れちゃったけど、やっぱり私の解決方法は間違ってなかったわ！」

「……どういうこと？」

いぶかしむ美樹の前に、エリカは１冊の本をつき出した。それは彼女が最近はまっているミステリー作家の新作で、売り切れる店も多く、買うタイミングをのがしてしまっていたらしい。先に図書館で借りて読んでいた美樹も、その本に書かれていたトリックについて早く語りたくて、エリカに買って読むよう、強くススメていた。

「とうとう買えたの？」

「ううん、買おうと思ったまま買えていなかったんだけど、水沢さんが『この間は迷惑をかけて悪かった』って言って、プレゼントしてくれたのよ」

「え、ホント？　よかったね！」

エリカの言葉に、美樹は心の底から笑顔になった。同時に、自分で思っていた以上に、自分が芙美のことを心配していたことに初めて気づいた。あんな最悪の別れ方をされてしまっては、逆恨みをされても仕方ないとまで思っていたのに、本当によかった。

「地蔵、私、今からこの小説を読むから、静かにしていてね」

隆也はずっと本を読んでいるだけで、最初から一言も発していない。それでも、そんな冗談が飛び出すほど、エリカは機嫌がよいのだろう。

たまには、こんな日も悪くない。安堵の吐息をついた美樹は、自分もまた、図書室で借りてきた小説を読み始めた。

のんびりとした空気が、悩み解決部の部室を包む。しかし、一時の平穏は、エリカが突如としてイスを引いた音で中断された。

「エリカ？　急にどうしたの？」

どう見ても、様子がおかしい。今まで楽しそうにしていた顔からは血の気が引き、きれいな弧を描く眉がピクピクと引きつっている。

「ちょっと私、水沢さんと話をしてくるわ！」

「エリカ、どういうこと？」

聞いても、エリカは当然のごとく答えず、読んでいた本を握りしめ、部室を飛び出した。

親友の急な態度の変化に、美樹は一瞬どう反応すべきか迷ったが、このまま放っておくわけにもいかない。エリカのあとを追い、人もまばらとなった放課後の校舎をひた走る。

合唱部に所属している芙美は、音楽室にいた。ちょうど帰るところだったのか、楽譜をカバンに入れて、部屋を出て行こうとしている。その足下に、エリカが持ってきた本を投げつけた。

「水沢さん、それ、どういうつもり？」

危険なほど低くなった声が、芙美を問いただす。やっとの思いで追いつき、エリカが投げ捨てた本を拾った美樹は、中を開いた瞬間、「あっ！」と叫びそうになった。

物語も終盤にさしかかり、いよいよこれから謎解きにかかるという、そのページに、とある登場人物の名前に赤ペンで丸がされ、横に「この人が犯人」と書かれていた。ご丁寧なことに、その犯行動機まで簡単に記されている。

「どうして、こんなひどいことをしたわけ？」

犯人を追いつめる刑事のような顔で、肩を怒らせたエリカがズイッと前に出る。その顔と、つき出されたページを見くらべ、芙美は静かに答えた。

「私は、藤堂さんが私にやったのと、同じことをしただけよ」

「どういう意味？」

「私は藤堂さんたちに、悩み相談をしたわ。でもそれは、大島くんが浮気をしていないかどうか、気になっただけ。それ以上のことなんて知りたくなかった。大島くんの本当の気持ちまで教えてもらいたくなかった！　自分の彼氏の本音を他人から聞かされるなんて、最悪よ！　大島くんが私に不満があったのなら、最初にそのことを本人から直接聞きたかったの！」

「はぁ？　最終的には同じ結論に達するんだから、どっちだって一緒じゃない」

「全然違うわ！　私の恋愛は私のものよ。私が主人公だし、私が物語を作るの。それなのに……いきなり結末を知らされてどんな気持ちになるか、これであなたにもわかったでしょ!!」

涙の溜まった目で、芙美がエリカをにらむ。ふだんの彼女からは想像もつかないほど激しい怒りが、全身からほとばしっていた。

だけど、エリカのほうは、何で自分が文句を言われなければならないのか、本気で理解できていないようだった。

「あのねぇ、水沢さん――」

素早く反論しようとして、口を開く。その肩に、美樹は後ろからそっと手を置いた。

「エリカ、今日はもう帰ろう。芙美、今回は余計なことをして、ごめんね」

「何で美樹が謝るのよ？」

不服そうに口をとがらせたエリカの手を引っ張り、歩き出す。頭の回転は速くても、人の気

持ち に疎(うと)いエリカに、どうやったらこの微妙な乙女心(おとめごころ)を理解してもらえるだろう？

部室に戻(もど)ると、隆也がまだ本を読んでいた。何も見たわけではないのに、隆也は、ことのしだいを把握(はあく)しているようだった。

「この前の玉木浩平(たまきこうへい)のアリバイ事件のときに、『下手(へた)な正義感に踊(おど)らされるな』と言ったはずだろう？」

「うるさいわね！『静かにしてなさい』って、さっき言ったでしょ!?」

隆也は、それ以上は何も言わなかった。

美樹は2人の間で頭を抱えた。これからもクライアントの悩み相談を引き受けていく気なら、悩み解決部は、人としてもっと成長していかなければならない。なのに、自分たちには、まだ何かが足りない。今回の事件を通じて、そのことだけは嫌(いや)と言うほど、よく分かった。

［スケッチ］
料理の味

その日、永和学園にある職員室の一角で、フーッと深いため息をつく者がいた。沈鬱な表情の主は、１年Ａ組の担任である飯田直子だった。

「飯田先生、どうしたんだ？　浮かない顔をして、またＡ組の連中が、妙なことを始めたのか？」

背中からかけられた声に、ビクッとして背筋を正す。いつの間に近づいてきたのだろう。直子の後ろには、教員仲間の大山厳太郎が立っていた。

名前の通り厳つい顔は、直子のクラスの黒田亮平と同じくらいまっ黒に日焼けしており、日々筋肉を鍛えていることが、ジャージの上からでも見てとれる。

彼はバスケ部の顧問であると同時に、「踊る数学教師」の異名を持つ、永和学園の名物の一人だった。なんでも数学の公式を生徒たちに暗記させる際、「こういうものは体で覚えろ！」と叫んで妙な踊りを始めたことから、このあだ名が進呈されたらしい。

「悩んでることがあるなら、先輩として何でも相談に乗るぞ」

「ありがとうございます。だけど……」

大山から視線をそらし、直子は再びこみ上げてきたため息を飲みこんだ。

教職に就いてから20年を超えるという大山は、生活指導の小畑花子と一緒で、頼りになる先輩だ。しかし、それはあくまで仕事上でのこと。

「今回は、プライベートなことですから」

直子の答えに、大山が意外そうにひょいと片眉を上げる。

「なんだい？　彼氏とケンカでもしたのか？」

「いいえ、そんなことはないんですけど、私、料理がすごく苦手で……」

直子は自分で言っておきながら、自分の答えに、思わず泣きたくなった。

つい最近になるまで、ずっと実家暮らしで、包丁に触ることすらほとんどなかったのだから、仕方ないのかもしれない。彼氏の巧は、「一緒に料理の練習をしよう」と言ってくれた。だけど、どんなに頑張ってみても、自分には卵かけご飯くらいしかまともに作れない。

「彼氏のためにも、『おいしい』って言ってもらえる料理を作れるようになりたいなぁ、と思ってるんですけど、なかなかうまくいかなくて」
今にも泣きそうな表情を隠そうとして、へへへとごまかし笑いをする。次の瞬間、直子はギョッとして固まった。今まで穏やかな顔で話を聞いていた大山が、ものすごく真剣な目つきで自分を凝視していたのだ。

「す、すみません！　職場でくだらない話をしちゃって！　今の時代、料理が下手だったら、スーパーやデパ地下でお総菜を買ってこいって話で――」

とっさの言い訳は、しかし途中で止められた。おもむろに伸びてきた大山の手が、直子の両肩をガシッとわしづかみにしたのだ。

「あ、あの……大山先生？」

ビクビクしている直子の前で、大山がゆっくりと首を横に振った。しかもその目頭には、なぜかうっすらと涙が浮かんでいる。

「日々の食事をないがしろにしては絶対にダメだぞ、飯田先生。どっちが料理をしても、お総菜を買ってきてもいいが、一緒に食べる食事をおいしいと感じられなくなったら、その彼氏とは別れたほうがいい！」

「はぁ……」
大山はなぜ、食事一つのことで、急にこんなに熱くなっているのか。
とまどう直子の肩から大山が手を放す。彼は自らを落ち着かせるように深く息を吸い、自分の過去について、ゆっくりと語り始めた。

大山が結婚をしたのは、数学教師として永和学園に就職したばかりの頃だったという。仕事でもプライベートでも、大山の胸は期待に満ち、毎日が楽しくて仕方なかったらしい。ただ一つのことを除けば。

結婚してから初めて気づいたのだが、大山の妻は驚くほど料理が下手だったのだ。いや、下手かどうかはわからない。ただ確実に言えるのは、自分の舌とは決定的に味覚が合わない、ということだ。

妻は外資系の会社勤めで、大山と同じか、それ以上に忙しい毎日を送っている。大山は、妻に余計な負担をかけたくなかったし、料理以外のことでは何の不満もなかった。それどころか、「ねぇ、厳太郎さん。今日は得意の肉じゃがを作ってみたんだけど、どう？」と尋ねてくる彼女のことを、一生懸命で愛おしいとさえ感じていた。

しかし、そう思っていられたのは、結婚してから最初の1ヶ月間だけのことだった。大山の心には、しだいに言いようのない不安が募っていった。

そのときだけなら、我慢もできる。料理の初心者ならば、これからうまくなっていく可能性もある。しかし、妻は、自分のことを「料理上手」だと思っているのだ。

当たり前だが、結婚というのは、残りの人生を妻とともに過ごしていくということだ。料理の味つけのような些細なことで、大山は彼女を傷つけたくなかった。

だけど、これから先、何十年間も妻の手料理を食べ続けるのは、さすがに無理な気がする。どんな調味料を使っているのか知らないが、スパイシーな肉じゃがを毎日のように食べさせられたら、彼女のことまで嫌いになってしまうかもしれない。そんなことで、せっかくの楽しい結婚生活を壊したくなかった。

そこで、ある日、大山は思い切って妻に提案してみた。

「最近、疲れた顔をしているね。お互い仕事を持っているんだから、家事は平等に分担しよう。俺は料理を担当するから、君には掃除や洗濯を受け持ってほしい」と。

当時はまだ、「料理は女性の仕事」という意識が社会に根強く残っていた頃のこと。最初にこの提案を切り出した時、妻は「でも……」と渋っていた。「料理は得意なのに」という気持ちもあったのだろう。しかし、大山の言葉たくみな説得で、最後には判ってくれた。

それから、大山は忙しくとも充実した日々を送るようになった。

毎日、勤め先の永和学園から帰るなり、まっすぐ台所に向かって、２人分の夕食を作った。毎日の献立を考えるのは大変だったし、スーパーで、何をどれくらいの量だけ買えばよいかも最初は分からなかった。けれど、妻が喜んでくれるなら、それでよかった。自分のちょっとした努力で、幸せな結婚生活を続けられるなら、料理くらい何の苦にもならなかった。


ところが、そんなある日、妻が真顔で大山に告げた。「お願いです。どうか何も聞かずに、私と離婚してください」と。

青天の霹靂とは、まさにこのことだ。

「急にどうして!?　俺のことが嫌いになったのか!?」

大山につめ寄られ、妻は力なく首を横に振った。

「私は、今でもあなたのことが好きよ。だけど……」

「まさか俺以外に、もっと好きな男ができたのか⁉」

「違います」

「じゃあ、何でだ⁉　もっともな理由がない限り、俺が離婚に応じるわけないだろ！」

必死で食い下がる大山を前にして、妻は迷いに迷った末、渋々答えた。

「さっきも言ったように、私はあなたのことが好きよ。だけど、このままあなたと結婚生活を続けていく自信がないの」

「俺に何か問題があるのか？　直せるところなら直すから、何でも言ってくれ！」

真摯な瞳で見つめられ、妻はなぜかとても悲しそうな顔つきになった。

「今さら直すなんて無理だわ。あなたは気づいていないようだけど、あなたの作る料理がおいしくないの！　今まで我慢して食べていたけど、もう身体が受けつけないのよ！　あなたの料理をこれからも一生食べさせられるくらいなら、離婚したほうがましだと思ってしまうの‼」

「…………………」

自分に妻の料理が合わなかったように、妻には自分の料理が合わなかったのだ。

幸いにして、その後、お互いの価値観――というか、味覚を尊重することを決めて、離婚は回避された。

「まぁ、そういうわけだから、毎日食べるご飯の味は大切だぞ。下手をしたら、俺みたいに、離婚問題に発展しかねないからな」

大山が、直子の肩を励ますようにたたく。

すっかり彼の話にのめりこんでいた直子は、素直に何度もうなずいた。それと同時に、心の中で固く決意した。

彼氏の巧と自分の味覚は合っている……と思う。でも、言葉にして確かめたことはまだない。これからは、遠慮せずに、そういうことも話し合える仲になろう。

結婚したら、料理だけでなく、価値観の相違はもっとたくさん出てくるだろう。そういう小さなほころびが大きな溝になるかどうかは、どれだけたくさんの会話をできるかにかかっていると思うのだ。

カンニング事件

「先生、何が言いたいんですか!?　まさか俺がカンニングをしたとでも言うんですか!?」

怒りと悲しみをない交ぜにしたような絶叫が、廊下に響く。

授業はとっくに終わったけれど、最終下校にはまだ早い放課後。エリカと隆也と一緒に、悩み解決部の活動報告書を提出しに来た美樹は、叫び声の聞こえてきたほうを見た。

社会科準備室の扉が少しだけ開いている。中をのぞくと、そこには小畑花子と向き合って立つ、一人の男子生徒がいた。

「何あれ、チャラ男じゃない。樽と何かもめてるのかしら?」

美樹だけでない。後ろにいたはずのエリカまでもが、興味津々といった顔つきで身を乗り出してくる。明らかに、事件に遭遇したことを喜んでいるようだ。

「エリカ、正木くんのことをチャラ男って呼んでるのがばれたら、怒られるわよ」

「別にいいじゃない。あれほど『チャラ男』のあだ名にふさわしい人もいないもの。それにほら、見て。チャラ男は今、それどころじゃないでしょ」

エリカにうながされ、美樹は部屋の中に視線を戻した。

エリカが「チャラ男」と呼んだのは、正木礼音という男子生徒だ。ホストを彷彿させるような名前にふさわしく、肩まで伸ばした髪は金茶に染められており、耳にはピアスの穴がいくつも空いている。少しブレザーを着崩した姿は、まさにチャラ男そのものだった。

「服装のことで、また樽からお説教でも食らってんのかしら?」

エリカが完全に他人事のような口調で言う。礼音が小畑に呼び出される理由なんて、それしかないと美樹も思った。けれど、最初に聞こえてきた「カンニング」という単語が気になった。

いつもヘラヘラしている礼音の目には今、ふだんの彼からは想像もつかないほど鋭い光が宿っていた。対する小畑も、でっぷりと迫力のあるお腹をせり出し、礼音のことをにらみ返している。彼女はフーッと重たいため息をつくと、机の端をトントンとイラ立たしげに指でたたきながら言った。

「だから、『カンニング』なんて、誰も言ってないでしょう!?　世界史のテストで、今まで赤点ギリギリだったあなたが急に満点を取ったから、私は『どんな勉強をしたのか？』と尋ねただけです！」

「先生、俺のことを外見で判断してませんか？」

「外見以前の問題です。あなたは前に、私の授業で、『イギリスからの移民が新大陸に渡ったときの船の名前は？』という質問に、『タイタニック』と答えたでしょう？」

「ジョークじゃないですか。あの船、アメリカに着く前に沈んだんですよね？　それくらい知ってますよ」

　沈むとか、沈まないとかの問題ではない。そもそも時代が違う。

　エリカが隣でプッと吹き出したのが聞こえた。しかし、部屋の外で、ことの成りゆきをおもしろがっているエリカと違い、向かい合う2人の表情は依然として険しく、互いを射殺すような目つきでにらみ合っている。

「いずれにせよ、今まで赤点ギリギリだったあなたが、急にテストで満点を取れた理由を教えてほしいものだわ」

「俺が答案に書いた答えは、全部正解だったんですよね？　それが、テストで満点だった理由ですよ。今回のテスト範囲は、俺の好きな中国史だったでしょ。そのことに、何か問題でもあるんですか？」

「問題はありません。ただ、あなたの席の斜め前に座っている大河内くんも、今回のテストで満点を取っています」

「……それ、どういう意味ですか⁉　地蔵の答案をカンニングしたと言いたいんですか⁉」

カッとなった礼音が大声で叫ぶ。美樹は、「まずい！」と思った。まさにそのとき、今にもつかみ合いに発展しそうな2人の間に、1冊の本が差しこまれた。小畑と礼音が、はじかれたように振り返る。その先に立っていたのは——、

「地蔵⁉」

今まで美樹たちの後ろで本を読みふけっていた隆也が、いつの間にか、2人の間に割って入っていたのだ。

「急に何をするんですか、大河内くん！」

露骨に顔をしかめた小畑を見下ろす、隆也の口元が不快そうにゆがんだ。

「あなたの主張に対して、俺は異議を唱えたいだけです。俺は他人に答案をのぞかれても気づ

かないほど、間抜けな人間ではありませんから。今回満点を取ったのは、正木礼音の実力です」

「あなたがそう言ったところで、正木くんの実力は証明できませんよ。それに、まさか、とは思いますが、『満点を取りたい』という悩み相談を受けたわけじゃないでしょうね？『悩み部は、クライアントの秘密を絶対に守る』と聞いたことがありますが、どうなんですか!?」

「…………」

怒りに顔を赤くしている小畑の顔を、隆也がじっと無言で見下ろす。

美樹はどう反応したらいいかわからなくて、小畑と隆也の顔を交互に見比べた。

まさか自分たちの知らないところで、隆也が「悩み相談」を引き受けていたのだろうか？

いや、そんなことはないはずだ。「カンニングを手伝う」なんていう悩み解決を、彼がよしとするはずがない。

まさに一触即発。

狭い部屋の中で、誰もが緊張に顔をこわばらせていた。たった一人を除いて。

「小畑先生、要はチャラ男がテストでカンニングをしなくても、地蔵と同じ点を取れるということがわかればいいんですよね？」

隆也以外の全員がハッとして振り返る。声の主はエリカだった。

彼女はその場の重たい空気にも動じることなく、腰に手を当て、自信満々に告げた。

「だったら、またテストをすればいいじゃないですか。そのテストで、——チャラ男が地蔵よりいい点を取るなんてことは、さすがにありえないから——地蔵とチャラ男の点差が10点以内だったら、いかがです？ 先生はチャラ男が地蔵の答案を見ていなかったって認めます？」

全員の目が小畑に移る。彼女はしばらくの間、思案するように太い腕を組み、自分を囲む面々を見回していたが、最後にはうなずいた。

「そこまで言うのなら、いいでしょう。来週、もう一度テストをします。そのテストで大河内くんと変わらない点数を取ってみなさい。そうしたら、正木くんの実力を認めましょう」

そんなこと、礼音には絶対にできないと、小畑ははなから決めてかかっている。余裕綽々といった彼女の態度に、美樹は不安をかき立てられた。

まさか礼音も、自分がそんな賭けをさせられることになるとは思っていなかったらしい。社会科準備室の扉を閉めると同時に、様子をうかがうと、その顔からはいつものヘラヘラ笑いが消え、血の気が引いているように見えた。

「地蔵、藤堂。お前たちの気持ちは嬉しいけど、俺にはいい点を取る自信がないよ。今回のテスト範囲は中国史だったから、満点を取れたけど……。それと、『チャラ男』はやめてくれよ。俺、そんなにチャラくないからさ」

礼音は青ざめた顔つきのまま、それでもきっぱりと美樹たちに言ってきた。

「中国史が得意なのだって、三国志とか春秋戦国の武将が好きだからなんだよ。孟子や孫子みたいな諸子百家たちの本も、読んでみると奥が深いし。俺は『チャラ男』じゃなくて、『バサラ』に憧れてるだけなんだけどなぁ……」

「バサラって、織田信長とか伊達政宗みたいな人のこと？」

「そうそう。ああいう人たちみたいに、既存の価値観にとらわれず、好きなように自分を出して生きていきたいと思うんだ」

照れくさそうにはにかむ礼音を見て、美樹は、自分も見た目だけで他人を判断していたことに気づいた。これでは、頭ごなしに礼音を否定していた小畑花子と一緒だ。悩み解決部の一員として、本気で人の悩みを解決する気なら、まずはその人の本質について理解する努力をしなければならないのに。

「ふーん、そうなの。正木くん、バサラに憧れていたの」

美樹の隣で、エリカが口を開く。さりげなく「チャラ男」から「正木くん」に呼び名が代わっていることに気づいて、礼音の表情が少しだけ明るくなった。けれど、すぐに今の自分が置かれている状況を思い出したのか、整った顔に深いかげりが落ちた。

「まぁ、いくらバサラになりたくたって、実際にはあまりうまくいってないんだけどさ。今回のテストだって、中国史だったから、満点を取れたけど……」

エリカはあんな宣言をしたけれど、次のテストでもうまくいくという保証はどこにもない。

美樹は、礼音の緊張が伝染してしまったかのように、自分まで心がうつうつとしてくるのを感じた。だけど、まるでお葬式のような雰囲気の自分たちと違い、隆也とエリカの2人は顔を見合わせ、ニヤリと笑みを交わした。

「うまい条件を出したな」

「ま、悩み解決部の部長として、これくらいは当然でしょ？」

「何、どういうこと？」

2人の会話の意味が分からずに尋ねる。そんな美樹と、不可解そうに眉をひそめている礼音を招き寄せ、エリカはこっそりと耳打ちをした。

「ことは簡単よ。つまりね……」


それから1週間後の放課後、1年A組の教室に噂のさざ波が立っていた。

「あの地蔵が、今日の昼休みに小畑の追試を受けてたって本当か!?」

「あいつ、今まで95点以下の成績なんて、取ったことなかっただろう!? それがどうして?」

思い出してみれば、今日は朝から様子がおかしかった。ふだん無言で本を読んでばかりいる隆也が、よりにもよって全然キャラの違う礼音と、何やら親しげに話をしていたのだ。

「いったい何があったんだ!?」

一度気になったが最後、帰ることも、部活に行くこともできない。とまどい、ざわめく放課後の教室で、みんなはことの真相を知りたがったけれど、肝心の隆也がいない。それどころか、悩み部の美樹とエリカも、そして、礼音の姿まで見えなかった。

これは、悩み部が何かやったに違いない。しかし、今度は何をしたのだろう?

1年A組のみんなが様々な憶測をめぐらせる中、問題の当事者たちは全員、職員室に呼ばれていた。

「これは、いったい何ですか？」

そう言って、小畑が美樹たちの前につき出してきたのは、２枚の答案用紙だった。１番上に大きく書かれているのは、「世界史　小テスト」の文字。小畑が答案用紙を手でバシバシたたく。

しかし、隆也は眉一つ動かすことなく、平然とした口調で応じた。

「『いったい何』も何も、それはあなた方教員が作成したテスト問題でしょう。先生も文字が読めるなら、氏名欄を見てください。俺と正木礼音の名前が記されています。つまり、俺と正木礼音の答案用紙です」

「そんなことを聞いているんじゃありません!!　どうして２人とも、白紙で答案を出したんですか!?」

小畑の手が怒りに震え、持っていた答案用紙をクシャッと握りしめる。

美樹は決して小畑が好きなわけではなかったけれど、今日は少しだけ彼女のことをかわいそうだと思ってしまった。いつも赤点ギリギリの礼音ならともかく、入学してからずっと学年トップを独走してきた隆也が、堂々と白紙で答案を出したのだ。

「白紙の理由を答えなさい。あなたたちは、どこまで人の悩みを増やせば気が済むんですか!?」

怒りのせいで赤を通り越し、どす黒くなった顔で、小畑が隆也をねめつける。触れれば切れそうなほど張りつめた空間に、華奢な人影がスッと進み出た。それは、今まで美樹の隣で、このなり行きをおとなしく見守っていたエリカだった。

「何ですか、藤堂さん?」

ギョロリと光る目を向けられても、エリカは動じない。それどころか、彼女は腰に手を当て、大きく胸を張って答えた。

「先生は、今回のテストで、地蔵と正木の点差が10点以内だったら、正木くんがカンニングをしていなかったことを認めると、おっしゃいました。今回、2人が取った点数はお互いに0点で、点差はなしです。条件は満たしています」

「こんなもの、認められるわけないでしょう!?」

もう我慢ならないというように、小畑がドンッと机をたたいて立ち上がる。しかし、それでもエリカは引かなかった。

「今回の件に関して、私たちが提示した条件を先生はお飲みになったはずです。それなのに、一度交わした約束を違えるなんて、卑怯なルール違反じゃないですか？　そもそも、ことの発端は、先生が正木にカンニングの濡れ衣を着せたことでしょう？　地蔵と正木くんの0点は、そのことに対する抗議の意味だということが、先生にはわからないんですか!!」

「…………っ！」

小畑がこみ上げてくる激情を抑えるように、唇をきつく噛みしめる。にぎりしめた拳は、わなわなと小刻みに震えていた。

「え、小畑先生、そんなひどいことをしてたの？」

「カンニングって、正木が世界史のテストで100点を取ったこと？　正木が中国史だけは得意だって、みんな知ってるよな!?」

いつの間に集まってきたのか、職員室の周りには分厚いギャラリーの層ができていた。中の様子をのぞこうとした生徒たちが、追い返そうとする教師たちと扉の前でもみ合いを繰り広げている。

「小畑先生、どうします？　約束を破りますか？」

エリカが最後の審判を下すように、静かな口調で尋ねる。

皆が手に汗を握って見守る中、小畑が周りからは気づかれないように、こっそりため息をついたのが、近くにいた美樹にはわかった。

「……わかりました。カンニングだなどと疑ったつもりはありませんが、そう誤解されたなら、そのことについては謝ります」

エリカが「やった！」と、勝ち誇ったような顔をする。

「ただし！」

小畑は大きく息を吸い、いまいましげな口調で続けた。

「大河内くんと正木くんの2人は明日、もう一度テストを受けること！　今度、白紙で答案を提出することがあったら、世界史の単位はもらえないと思いなさい。いいですね!?」

嫌だと答えたら、この場で退校処分にされかねない。危険なほど低くなった小畑の声に、美樹はゾッとしたが、釘を刺された当の隆也は、いつもの涼しげな顔でうなずいた。

「正木礼音の疑いが晴れたのであれば、問題ない。これにて、悩み解決だ」

職員室を出たとたん、パンッと手と手を合わせる軽やかな音が廊下に響いた。

「よかったわね、正木。あなたの無実が無事に証明されて」

「あぁ、今回は本当に助かった。俺一人じゃ、きっとどうにもならなかった。ありがとうな」

「そんなに、かしこまらなくていいわよ。クライアントの悩みを解決するのが、私たち悩み解決部の仕事なんだから」

真顔でしみじみとお礼を言われ、急に照れくさくなったのか、エリカがわずかに視線をそらす。その周りでは、噂を聞いて集まってきた生徒たちが、「あの小畑相手に、すごいよなぁ」と、口々に賞賛の声を上げている。そのただ中にあって、美樹は一人、今回の勝利を純粋に喜ぶことができずにいた。

客観的に見れば、いつも高圧的で、権力の象徴のような小畑に、「ぎゃふん」と言わせてやることができた。悩み解決部のアピールの場としても、申し分のない結果だ。そもそも、何の証拠もないのに、生徒にカンニングの濡れ衣を着せるようなことをした小畑に非があることは間違いない。

だけど、本当にこれでよかったのだろうか？

「美樹、浮かない顔をして、どうしたの？」

気づいたエリカが、横から顔をのぞきこんでくる。我に返った美樹は、心配をかけないように笑おうとして――失敗した。

自分に向けられたエリカの眼差しは、親友に対するものだ。どんな時でも自分を信じ、やさしい気遣いを見せてくれる。けれど、自分以外の人間、たとえば他のクラスメイトたちに対しては？

あと少しだけでいい。もう少しクライアントや友だちのことを信じていれば、こんな詐欺まがいのことをせずに、小畑も自分たちも納得できる解決案を見つけることができたのではないか？

「ねぇ、エリカ。今回って、本当に他の方法はなかったのかな？」

「え？」

3人で部室に戻ったあと、美樹がポツリとこぼした。その疑問に、エリカは一瞬意外そうな表情をしたが、すぐに「無理よ」と、きっぱり答えた。

「この間のテストは中国史だったからよかったんだろうけど、それ以外の内容で、正木くんがいい点を取れる保証なんて、どこにもなかったもの」

「でも……」

「それなら、相田美樹。お前は、どうすればよかったと考えているんだ？」

反対に聞かれ、思わず表情を硬くする。声の主は、一歩離れたところに座っていた隆也だった。

「藤堂エリカの言うように、俺たちが正木礼音に勉強を教えたところで、あいつが良い点数を取れる保証はどこにもなかった。濡れ衣を晴らすことができないとわかっていても、無駄な努力をさせたほうが奴のためだったと、お前は思うのか？」

「別に、そんなことは……」

何かが違うと言うことだけは、わかる。それなのに、その何かを言葉にすることができない。

あまりのもどかしさに、やきもきしている美樹を見て、エリカが背中を軽くたたいてきた。

「あんまり気にすることないわ。大切なのは、私たち悩み解決部がクライアントの悩みを解決することなんだから。『結果よければすべてよし』ってやつよ」

エリカの言葉に、隆也が無言でうなずく。

こうして大好きな2人から「仲間」として認めてもらえることが、美樹は純粋に嬉しかった。

このまま、いつまでも3人でいたいと思っていたこともある。

だけど、2人の目には、「悩み解決部」以外の人間の姿が映っていないのではないだろうか。

自分たちだけで完結した世界は、いつかきっと行きづまる。そのとき、自分はどうしたらいいのだろう？

真っ白な紙にこぼされたインクのように、不安がじわじわと胸に広がっていくのを感じる。

しかし、この時の美樹にはまだ、エリカと隆也に対して、この思いをどう伝えればいいのか、わからなかった。

［スケッチ］

鮮やかな判決

その日、藤堂エリカは怒っていた。

「あの熱血教師ったら、この間、体育の授業中に私をつかまえて、『君には情熱が足りない！』なんて、お説教を始めたのよ！　私は寝不足で調子が悪かったから、適当に手を抜いていただけなのに、そのペナルティーとしてプリント集めまでさせるなんて、ひどくない!?」

廊下を歩いていた美樹は、隣で同じようにプリントを抱えているエリカを見て、「新庄先生が相手じゃ、仕方ないわよ」と、あまり慰めにならない言葉を口にした。

体育教師の新庄尊は、全身からみなぎる熱苦しさが特徴の教師だった。好きな言葉は「団結」と「信頼」。野球部の顧問で、どんなことに対しても、「まずはやってみろ」と、背中を押す。

そのおかげで、一部の生徒たちからは根強い人気を得ているようだったが、エリカのように、あまり構ってほしくないタイプの生徒たちからは煙たがられていた。

「あの先生の性格は、絶対に獅子座よ」

反省文まで書かされた上、お昼休みに雑用まで言いつけられたとあって、よほど頭にきていたのか、エリカがブスッと不機嫌そうにつぶやく。どういう意味かと、美樹が目だけで問うと、彼女は自信たっぷりに断言した。

「別に、私は占いを信じているわけじゃないけど、あの先生だけは例外ね。この間、美容院で見た雑誌に書いてあったんだけど、獅子座は熱血漢で、周りの反応を顧みずにつっ走ることがあるんですって。あの熱血にピッタリでしょ？」

「エリカ、その言い方は獅子座の人たちに対して失礼じゃない？　それに、星占いってあまり当たらないし」

「そう？　なら、確認してみたらいいわ」

エリカはそう言うと、職員室の前で足を止めた。「失礼します」と声をかけ、中に入っていく。

昼休みでも、永和学園の教師はあまり休むことがないのか、中では多くの先生たちが、自分の席で授業の資料作成などをしながら、お昼を食べている。

エリカはプリントの束を持ち直すと、奥の席に座っている新庄の元へまっすぐに向かった。

気づいた新庄が顔を上げ、白い歯を見せながら、爽やかに笑う。

「藤堂、相田、ご苦労だったな。ありがとう!!　プリントはそこに置いてくれ」

言われた通り、美樹たちは持ってきたプリントの束を机の端に置いた。だけど、早く帰りたがっている美樹と違い、エリカは用事が終わったあとも動かない。

「どうした、藤堂？　何か俺に相談でもあるのか？」

今までにも、こうして生徒から相談を持ちかけられる機会が多かったのだろうか。新庄が慣れた動きでイスを引き、エリカのほうに向き直る。「ほら、恥ずかしがることなんてないぞ」と、明るい声で先をうながされ、エリカは口を開いた。

「先生に一つ教えてもらいたいことがあるんです」

「何だ？　遠慮なく聞いてくれ！」

「先生の誕生日は、何月何日ですか？」

「……急にどうした？　俺の誕生日なんて知って、どうするつもりなんだ？」

「今、先生方にお誕生日を尋ねて回っているんです。日頃の感謝をこめ、私たちから先生方に何かお返しをできる日がほしいと思いまして」

「なんだ、誕生日プレゼントか!?　藤堂の気持ちは嬉しいが、プレゼントなら間に合っているから、気を遣わなくていいぞ」

この教師は、本気で他人を疑うということを知らない。今みたいに、エリカが適当なことを堂々と言ったとしても、すべて善意として受け止めてしまう。

一方のエリカは、まるで新庄のファンのように扱われたことが気にくわなかったらしく、無言でピクピクとこめかみを引きつらせている。これ以上、放っておいたら、また余計なトラブルを引き起こしかねない。

「エリカ、用事は終わったんだし、帰るわよ」

美樹がエリカの腕を後ろから引っ張った。そのときだった。

「新庄先生!　いらっしゃいますか!?」

職員室の扉が勢いよく開き、黒い塊が駆けこんできた。いや、それは1年中まっ黒に日焼けしたバスケ部員のクロスケこと、黒田亮平だった。

亮平が自分から職員室に来ることなんて、めずらしい。しかも驚いたことに、彼は同じクラスの小田達哉を連れていた。

達哉を毛嫌いしているエリカが、「ゲッ！」と、嫌そうな声を上げる。しかし、亮平は気にせず、達哉の手を引っ張りながら、こちらに向かってズンズンと大またで近づいてきた。

「今日は千客万来だな。どうした、黒田？　何か相談か？」

「違います。今日は先生に意見をお聞きしたいことがあるんです」

　バスケ部の亮平ではあったが、野球部顧問の新庄と話している姿はよく見かけた。熱い人間同士、気が合うのだろう。しかし、今日はなんだか様子がおかしい。彼は太い眉をつり上げ、不思議そうにしている新庄の顔の前に、嫌がっている達哉をつき出した。

「実は今朝、誰のものか判らないカードケースを拾ったんです。それが小田のものだと思ったから、返してやろうと思ったのに、こいつカードケースを渡すなり、俺がネコババをしたって、いちゃもんをつけてきたんですよ！」

「そのケースを、何で小田のものだと思ったんだ？」

「誰のかは判らなかったけど、前に小田が自慢していたレアキャラのトレカが入っていたから、聞いてみたんです。なのに……！」

　よほど腹が立ったのか、亮平が射殺すような目つきで達哉をにらむ。達哉は、その迫力に一瞬ひるんだようだったが、すぐに首を勢いよく横に振って叫んだ。

「俺がカードケースに入れていたトレカは3枚あったんだ！　なのに、返ってきたケースの中を見たら1枚に減ってるし、クロスケも前にあのトレカを集めてるって言ってたから――」

「だから俺が盗ったって言うのは、ひどくないか!?」

「じゃあ、俺のトレカはどこにいったんだよ!?」

「そんなの、知るか！」

いがみ合う2人を前にして、美樹はエリカと顔を見合わせた。これは見事なまでの水掛け論だ。監視カメラの映像みたいに、しっかりとした記録を持ち出さない限り、お互いの主張を言い合うだけで、先には進めない。

どうするのかと美樹が心配していると、新庄が不意に、亮平の前にてのひらを差し出した。

「新庄先生？」

「まずは問題のカードケースを見せてみろ。中を確認する」

いつも鷹揚な態度の新庄にしてはめずらしい。こういったいざこざは早急に解決しなければならないと考えたのか、真剣な顔つきで亮平を見ている。

亮平に反対する理由なんてない。彼はズボンのポケットから紺色のカードケースを取り出すと、それを新庄の手に渡した。新庄がケースの中をざっと確認し、考えこむ。

「先生は、俺と小田のどちらを信用しますか!?」

途中で待ちきれなくなった亮平が、身を乗り出して聞く。彼と達哉、2人の顔を見比べて、新庄はきっぱりと断言した。

「俺は、『ケースには、トレカが3枚入っていた』という小田の言葉を信じよう」

「えっ!?」

亮平ばかりか、今までことのなり行きを、つまらなそうにながめていたエリカまでもが、ビックリして息を飲む。反対に、達哉はあからさまにホッとした顔つきになった。しかし、新庄がカードケースを戻したのは達哉ではなく、亮平のほうだった。

「先生、俺を信じるんでしょ!? それなのに、どうして俺に返してくれないんですか!?」

達哉が信じられないといった顔つきで、新庄を見る。一方の新庄はというと、驚きに目を見張っている亮平の手にカードケースを押しつけ、いたずらっ子のようにニヤリと笑った。

「小田は、カードケースの中にトレカを3枚入れていたと言ったな? それなら、1枚しか入っていないこのケースは、お前のものじゃないんだろ」

「ええっ!?　それじゃあ、俺のケースは――」

「トレカが3枚入ってくるものが出てくるまで、待たなければならないな」

新庄の判決に、後ろのほうで観客に徹していた美樹は、静かに感心していた。

あのまま2人が言い争ったところで、事態は変わらない。とはいえ、教師である新庄が、どちらかに肩入れをすることは、別のトラブルを招く。こんな場合の解決方法は、ただ一つ。

「……俺が悪かったよ、クロスケ。そのカードケースは俺のだから、返してくれ。残りのトレカは、どこかで落としたのかもしれないし」

渋々頭を下げる達哉に、亮平は無言でケースを渡した。新庄が、うんうんと満足げにうなずく。

「なくしたトレカについては、また探せばいい。それより、クロスケは善意で動いてくれたのに、助けてくれた人間のことを疑うなんて、二度としてはダメだぞ!　クラスメイトは仲間だろ?　常に信頼と尊敬を持って接しろよ」

熱血教師らしい締めくくりに、達哉がばつが悪そうに顔を背ける。一時的に容疑者扱いされた亮平のほうは、元々の性格がさっぱりしているせいか、達哉の背中をバンッと一回たたいただけで、それ以上何も言わなかった。

悩み解決部における隆也の活躍もすごいが、やっぱり新庄は教師なだけあって、大人の解決方法を心得ている。

「熱苦しい解決方法……やっぱり、あの熱血は獅子座だと思うわ」

職員室から教室に戻る道すがら、エリカはまだブツブツこぼしていたが、美樹は、新庄の解決方法に、素直に好感を抱いていた。


午後の始業を知らせる鐘が鳴り、職員室に来ていた生徒たちが各々の教室に戻っていく。

亮平が持ちこんできた問題を解決した新庄は、ホッとした表情をしている——かと思いきや、その顔色はなぜか冴えない。短く切った髪をガシガシとかきむしり、藤堂エリカが持ってきたプリントに手を伸ばす。その背後で、頼りない声が上がった。

「あのぅ、新庄先生。先ほどは、うちのクラスの子たちがご迷惑をおかけしたみたいで、申し訳ありせんでした」

すぐ隣までやってきて、しかられた子猫のように、しょんぼりと背中を丸めているのは、一年A組の担任である飯田直子だった。

「構いませんよ、飯田先生。俺にとって、生徒はみんな子どものような存在ですから。と言っても、俺はまだ独身ですがね。どこのクラスの生徒であろうと、困っている生徒を助けるのは、教師として当然のことですよ」

「ありがとうございます。そう言っていただけて、私も本当に助かります」

直子が、ひざにおでこがつきそうなほど、深々と頭を下げる。彼女はそのあと、まっすぐ自分の席に戻るかと思いきや、「あのぅ」と、再び新庄に話しかけてきた。

「どうしましたか、飯田先生？　生徒のことで、まだ問題でも？」

「あ、いいえ。さっきまで生徒たちがいたせいで言い出せなかったんですが、お昼休みの前に、私も廊下でカードケースを拾ったんです。中を見てみたら、新庄先生のお名前が書かれていたキャッシュカードが入っていて……」

「本当ですか!?」

直子が後ろに持っていたトートバッグの中から、深緑色のカードケースを取り出す。新庄は差し出されたケースをひったくるように受け取り、急いで中を確認した。

「飯田先生、ありがとうございます。おかげさまで助かりました」

心の底から安堵して、直子に笑いかける。彼女は「どういたしまして」と答えて、今度こそ自分の席に戻って行った。

一人になった新庄は、周りからは気づかれないように、こっそりと深いため息をついた。

藤堂エリカが、急に誕生日を聞いてくるから焦った。新庄には、彼女が、「先生のキャッシュカードの暗証番号を教えてください」と言っているようにすら聞こえた。やはりカードの暗証番号に、自分の誕生日を使うのはやめたほうがいい。今日の帰りにでも、銀行に寄って、暗証番号を変えよう。

そう決意して、カードケースの中をもう一度見る。中のものが何一つなくなっていないことをもう一度確認すると、新庄は誰にも聞こえないような小声でつぶやいた。

「無事にキャッシュカードが出てくるなんて、人間、捨てたもんじゃないなぁ。『人間なんて、信用できない生き物だ』と思っているおかげで、こういう小さな良い出来事が、とても素敵に感じられるよ」

不安の原因

その日の放課後、週番日誌を書くため、教室に一人で残っていた美樹は、後ろの扉が勢いよく開いたのに気づいて、ビクッと肩を震わせた。

「ちょっと聞いてよ、美樹！」

そう叫ぶなり、こちらに向かって突進してきたのは、A組のおしゃれ番長こと、高崎菜乃佳だった。

「急にどうしたの？　今日は、早川くんと帰らなくていいの？」

彼氏である早川淳の部活がない日、菜乃佳はいつも彼と一緒に登下校をしている。てっきり今日もさっさと帰宅したものとばかり思っていたのに、どうしたのだろう？

美樹が不思議に思っていると、突然、菜乃佳の頬を一筋の涙がこぼれた。

「ちょっ……菜乃佳!?　本当にどうしたの!?」

「私ね、美樹に相談したいことがあるの」

「相談？　悩み解決部じゃなくて、私個人に？」

ビックリして自分の顔を指さす美樹を見て、菜乃佳がコクンとうなずく。その表情は硬く、思いつめたような雰囲気をかもし出している。もしかしたら、他人には聞かれたくない深刻な事情があって、自分を頼ってきてくれたのかもしれない。

「とりあえず、座らない？　もしかしてまた、『早川くんに愛されてない』とかって悩み？」

美樹に席をすすめられ、菜乃佳が力なく隣のイスに腰掛ける。彼女はハーッと深いため息をつきながら、膝の上で手を組み、こぼすように告げた。

「淳に愛されてる実感はあるわ。ただ最近、淳についてのよくない噂を耳にしたの」

「噂？　早川くんがまた誰かに告白されたとか？」

淳なら、十分ありえる話だと思った。何しろ彼は、永和学園一のイケメンで、菜乃佳とつき合い始めたあとも、告白をしてくる女の子があとを絶たないという。

だから、今回もまた、菜乃佳がそのことで悩んでいると思ったのだが――美樹の質問に、菜乃佳は今にも泣きそうな顔で首を横に振った。

「淳が告白されているだけなら、こんなに心配にならないわ。その逆よ！　私、他校の女の子たちが話しているのを、偶然聞いちゃったの。駅前のカフェで、淳が女の子たちをナンパしまくってたって！」

「早川くんが!?」

思わず聞き返す。その直後、美樹は菜乃佳の前で、ブンブンと勢いよく手を左右に振った。

「大丈夫よ、菜乃佳。その噂は絶対にガセだわ。だって、早川くんが自分からナンパする理由がないじゃない。放っておけば、いくらだって向こうから女の子たちが寄ってくるのに」

「噂で気になってるのは、それだけじゃないの。実は……」

菜乃佳がなおも続けようとする。その言葉をさえぎり、教室の後ろの扉が再び開いた。そこから現れたのは、噂の当人である淳だった。

「菜乃佳、どこへ行ったのかと思ったら、ここにいたのか。早く帰るぞ」

淳に呼ばれ、菜乃佳は一瞬迷ったようだったけれど、「ごめん、今のことは黙っていて」と小声で美樹に告げ、淳の元に駆け寄った。

小走りで近づいてくる菜乃佳を見ても、淳は何も言わない。代わりに、ごく自然な仕草で、その手を取って歩き出した。言葉はなくても、やさしくつないだ手から、彼がどれだけ菜乃佳のことを大切に想っているかが伝わってくる。

まるで映画のワンシーンのような姿に、美樹は「いいなぁ」と憧れにも似た吐息をもらした。

淳が、他の女の子をナンパするなんて考えられない。以前にも、菜乃佳は、言いがかりに近い嫉妬をして、悩み解決部に相談を持ちかけてきたことがあった。

今回も、どこかで聞いた噂を菜乃佳が勘違いしたか、噂好きな女の子たちがあれこれ話しているだけだろう。それなら、心配することはない。そういう噂は、すぐに消えてしまうものだから。

心の中で納得した美樹は、仲むつまじいカップルの背中を見送り、一人になった教室で再び週番ノートに向き直った。

しかし、それから3日後、淳をめぐる噂は思わぬ展開を見せた。

下校時間を過ぎ、美樹がエリカと一緒に、「何か食べて帰ろう」と話しながら歩いていたときのこと。後ろから走ってきた菜乃佳に追いつかれた。

「菜乃佳がこんな時間まで学校に残ってるなんて、めずらしいじゃない。どうしたの?」

「どうせ補習でしょ?」

「違うわよ! 先生に用事を頼まれて、今までつかまってたの!」

エリカの軽口に、菜乃佳が本気で怒って言い返す。美樹は2人の間を取りなすように、菜乃佳に話しかけた。

「遅くまで、みんなのためにお疲れ様。私とエリカはこれからお茶をしに行くつもりだけど、もしよかったら、菜乃佳も一緒にどう?」

例の噂のことも気になったし、たまには菜乃佳とゆっくり話す時間も欲しい。そう思った美樹の誘いに、エリカが隣で「げっ!」と顔をしかめる。というより、思いっきり声に出してしまっている。

美樹は菜乃佳が気を悪くするのではないかと心配したけれど、彼女はエリカの反応を完全に無視して、顔の前でパンッと手を合わせて言った。

「ごめんね、美樹。せっかく誘ってもらったのに悪いけど、今日は遠慮しとくわ。だって、あそこにいるの、淳だもん!」

そう言って、菜乃佳が指さした先には、永和学園の制服を着た男子2人組の姿があった。遠くからでもわかる足の長さは、たしかに淳のようだ。

「そういうわけだから、私は先に行くわね。また、そのうち誘って！」

菜乃佳がはにかみながら、小走りに駆けていく。

「いいなぁ……青春ね」

「青いだけでしょ。早川くんの見た目だけにひかれているから、いろんなことにやきもきするんじゃないの」

「エリカ、そんなこと言わないの。早川くんは、見た目だけの人じゃないと思うよ」

ムスッと唇をとがらせたエリカをたしなめる。それは同時に、美樹の本心でもあった。

信号が青に変わるのを待つ時間すら惜しいのか、ソワソワとしている菜乃佳の様子からは、彼女が本気で淳を好きだということが伝わってくる。その姿を見ていると、なんだか自分まで幸せな気持ちになって、彼女の恋を応援したくなる。

美樹はほほえましく菜乃佳のことをながめていた。が、どうも様子がおかしい。信号が変わるなり、大急ぎで淳を追いかけようとしていた菜乃佳の足が途中で急に止まったのだ。そして、はじかれたように振り返る。その顔からは表情が失われていた。

「菜乃佳、どうしたんだろう？」

信号が赤になり、車のクラクションが怒声のように鳴り響く。ハッと我に返った菜乃佳は、あわてて道を渡りきった。だけど、淳を追いかけるわけでもなく、呆然と後ろを向いたまま立ちつくしている。どう見ても変だ。

「エリカ、行こう！」

「えー、何でよ？」

嫌がるエリカの手を引っ張って、走り出そうとした。そのときだった。

「今、信号ですれ違った娘って、永和学園の早川淳の彼女だよね？」

思いがけぬ言葉を耳にして、美樹は足を止めた。でも、自分に話しかけられたわけではない。それは、他校の制服を着た女の子同士のちょっとしたおしゃべりだった。

「で、さっき言ったように、彼女の前を歩いていたのが早川淳。永和学園で一番のイケメンって聞いたけど、そんなにカッコいいかな？　まぁ、自分ではそう思ってるから、ナンパとかしてるんだろうけど。あんなのが彼氏だと、彼女も大変だよね」

「私の知り合いの知り合いも、この間、無理矢理お茶に誘われたのに、つまらない話を聞かされまくったあげく、最後は割り勘にされたって怒ってたよ」

「げっ、何それ！　最悪！」

女の子たちはケラケラと楽しそうに笑っていた。けれど、途中で永和学園の制服を着ている美樹の視線に気づいたのか、気まずそうな顔になって、そそくさと歩いて行ってしまった。

美樹は頭が混乱するのを感じた。淳が女の子をナンパすることなんて、絶対にありえないと思っていた。それなのに、さっきすれ違った娘たちは、明らかに淳のことを見た上で、例の噂をしていた。

「早川くん、自分のイケメンぶりが世間でどこまで通用するか、試してみたくなったんじゃない？　クールでガツガツしてないときはよくても、あからさまに『俺、カッコいいだろ？』みたいにしてたら、ナンパされたほうだってひくわよ」

エリカが遠慮のない意見を述べる。ふだんは彼女をたしなめるのが自分の役割だと心得ている美樹も、このときばかりは否定する言葉を見つけられなかった。

「菜乃佳！　大丈夫⁉」

信号が青に変わるなり、大急ぎで駆けつけると、気づいた菜乃佳が抱きついてきた。

この前、相談を受けたときに、もっと真剣に話を聞いておけばよかった。今までずっと一人で不安を抱えていたのだろう。菜乃佳の体は、美樹の腕の中で小刻みに泣き震えていた。

「淳は、あの娘たちが噂してるような人じゃないもん！」

「そうだよね。あの娘たちも、『知り合いの知り合いから聞いた』って言ってたよ。『知り合いの知り合い』なんて、デタラメってことと同じだから」

菜乃佳を落ち着かせようとして、やさしく背中をなでる。しかし、実際口にした言葉と違って、美樹の心は不審と疑念にむしばまれつつあった。

まさかあの淳が……という思いはまだある。だけど、実際に自分の耳で噂を聞いてしまった以上、このまま放っておくわけにもいかない。

もし、本当に淳が菜乃佳を悲しませているのなら……悲しませているのなら、自分はどうしたらいいのだろう？

小さなおえつがこぼれて聞こえる。今にも泣き崩れそうな菜乃佳の背中を抱きしめて、美樹は迷いを断ち切るように、ゆっくりと答えを出した。

自分は……ではない。自分たち悩み解決部が、ここはどうにかすべき場面だ、と。

「……で、どうして私が高崎さんのために、張りこみをしなきゃならないのよ？」

翌日の放課後、駅前のカフェに入った美樹は、向かいの席から上がった不満たっぷりの声に対して、「まぁまぁ」と手を振った。

「エリカと菜乃佳の仲は、この際、関係ないの。悩んでいる人がいるなら、その人を助けるのが、悩み解決部の仕事でしょ？　将来、エリカがカリスマ経営者になったとき、自分が気に入ったトラブルだけ解決するつもり？」

「まぁ、それもそうね。嫌な仕事でも、淡々とこなすのがプロよね。でも、それなら、早川くんに直接聞けばいいじゃない。『高崎さんとつき合うのが嫌になったの？』って」

「……エリカ、私たち、今までそれで何度も失敗してるよ。何があっても、それだけは絶対にしちゃいけないことだから！」

このお嬢様は学習していないのか、それとも単に学習したくないだけなのか、人の心の機微に対して、わざと無頓着にふるまっているようにすら思える。

「本人に直接尋ねるのが、一番簡単でてっ取り早い方法なのに、どうしてダメなの？」

本気でそんなことを言う親友を見て、美樹がどうしたものかと悩んだ。と、そのとき、

「あれ？　美樹ちゃんとエリカちゃんじゃない。今、学校帰りなの？」

後ろから急に声をかけられた。女性にしては低めの、よく通る声には聞き覚えがある。

「都子さん!?」

振り向いた先にいたのは、隆也の姉である大河内都子だった。肩まであるストレートの黒髪を後ろで一つにまとめ、ギャルソンの制服をまとった姿を見ていると、まるでパリのカフェにでもトリップしてしまったかのような錯覚にとらわれる。

「そういえば、前にカフェでバイトをしてるって言ってましたけど、ここだったんですね」

美樹の言葉に、都子は「あれ、教えてなかったっけ？」と笑った。

「このカフェ、いろいろなタイプのお客さんが来るから、すごく面白いの。『さぁ、今日も頑張るぞ！』って――ああ、頑張るのは人間観察のことだけど、意気込んでホールに出たら、顔見知りの女の子たちがいるじゃない？　しかも美樹ちゃんたら、深刻な顔をして、どうしたの？……あ、やっぱり言わなくてもわかるから！　どうせうちの弟のことでしょ？」

「そんなこと、ありませんよ。隆也くんには、いつもすごくお世話になってますから。それより、今日はちょっと困ったことがあって……」

途中で言葉をにごす美樹を見て、都子が顔を好奇心に輝かせる。映画監督を目指している彼女にとって、悩み解決部の活動は大変興味深いものらしい。

このカフェで働いている都子なら、淳の噂について何か知っているかもしれない。だけど、菜乃佳の事情を伏せたまま、どうやって情報を引き出したらいいか……。

美樹が頭を悩ませていると、今までおとなしくしていたエリカが、おもむろに口を開いた。

「ねぇ、都子さん。一つ教えてもらいたいことがあるんですけど」

「えっ!?　教えるのは、たった一つでいいの？　聞きたいことがあるなら、遠慮しなくていいのに」

姉弟でも、無口かつ無表情のせいで「地蔵」と呼ばれている隆也とはまったく違う。茶目っ気たっぷりに笑う都子に向けて、エリカは一ミリもためらうことなく聞いた。

「うちの学校の早川淳って生徒が、このカフェでよく女の子をナンパしてるって聞いたんですけど、見たことありませんか？」

エリカの直球過ぎる質問に、美樹は持っていたカップを落としかけた。さっきのエリカへの注意は、まるで彼女に届いていなかった！

自分のささやかな迷いや気遣いが、本当に馬鹿馬鹿しく思えてくる。早川淳という名前を出されたって、都子が知っているはずがない。それに第一、もう少しオブラートに包んだ聞き方をできないものだろうか？

「えーと、都子さん、今の話は……」

美樹がフォローを入れようとする。その言葉はしかし、都子のあっさりとした答えに、途中でかき消された。

「早川淳？　知ってるわよ。彼、有名だから」

「え？　ええ⁉　有名って、どうしてですか⁉」

まさかの一発目で、大当たり。目をむく美樹の後ろを指さし、都子がにっこりほほえむ。美樹はエリカと一緒になって、その指が示す先に視線を重ね――瞬時にすべてを悟った。

「みんな、かわいいね。ここ、空いてるなら、座ってもいい？　あっ、俺？　俺は永和学園の早川淳。はじめまして」

横にさらりと流した前髪は、今年の流行を取り入れたのだろう。その髪型も、少しだけ着崩した制服も、かっこよく見える――はずだ。本物のイケメンならば。

「少し一緒に話していいかな？」

急速に冷えていく美樹たちの視線にも、女の子たちの嫌そうな顔にも気づかず、勝手に席に座ろうとしている。

背の高さも髪型も、早川淳と変わらない。ただ、顔の作りや表情、スタイル、そして身にまとう雰囲気は、月とスッポン並に違う。早川淳を名乗る男子生徒は、クラスメイトの小田達哉だった。

そう言えば、この前、淳が下校しているときに一緒に歩いていたのは、今思い出してみると、達哉だったような気がする。あまりに存在感がなくて、そのときは気がつかなかったけれど。

他校の女子たちが見て噂していたのも、達哉のことだったのかもしれない。

「ねぇ、ねぇ、これからカラオケに行かない？　おごるからさ」

偽物の早川淳が、困り切った顔の女の子たちを熱心に誘う。

やっぱりこの場合、止めに入ったほうがいいんだろうか？

美樹がエリカと顔を見合わせた。まさにそのとき、カフェの入口から異様な熱気が入ってくるのを感じて、美樹は「あっ！」と叫んだ。

「どうも最近、おかしな噂が流れていると思ったら……あんたが淳を名乗っていたのね！」

「えっ!?」

気づいた達哉が、ハッとして振り返る。その顔から、一瞬にして愛想笑いが消えた。

相手がメドゥーサだったならば、達哉は口を動かすこともなく、石化させられていたことだろう。しかし、そこに立っていたのは菜乃佳だったから、達哉は、なんとか口を動かすことだけはできた。

「えーと、菜乃佳ちゃん、ほら、俺って人見知りだろ？　だから、これはそれを克服するための練習で……」

「淳を名乗るなら、せめてもっとましな言い訳をしなさいよね」

静かにすごんだ菜乃佳が、ずいっと一歩前に出る。

達哉の頰を一筋の汗が流れた。彼は「ハハハ」と乾いた笑い声を上げると、声をかけた女子たちに向かって、早口でまくし立てた。

「キミたちが早川淳のモノマネをしてなんて言うから、勘違いされちゃったじゃん。この人、早川淳の彼女さんなんだけど、俺のモノマネがうますぎたせいで、怒っちゃったみたい。キミたちから謝っておいてよ。じゃあ！」

菜乃佳の言葉ではないけれど、ここまで下手な言い訳しかできない人もめずらしい。達哉は白々しいごまかし笑いを顔に浮かべながら、大急ぎでカフェを出て行ってしまった。

ナンパをされた女の子たちは、事態を理解できずに、目を白黒させながら、達哉が消えた先と菜乃佳の顔を見比べている。当の菜乃佳は気にせず、美樹たちのほうに近づいてくると、その隣に腰掛け、深いため息をついた。

「えーと、菜乃佳……なんて言ったらいいかわからないけど、とりあえず早川くんが浮気をしてたわけじゃなくて、よかったね」

一生懸命取りつくろうように笑いかける。そんな美樹を見て、菜乃佳は不愉快そうに唇をへの字に曲げた。

「美樹、何を言ってるの？　私は、淳が浮気をしているなんて、最初から疑ってないわ」

「へ？　それなら、どうしてあの噂をあそこまで気にしていたの？　この前だって下校のとき、泣いてたじゃない」

美樹の疑問をきっぱり否定するように、菜乃佳は即座に答えた。

「あのとき、すれ違った他校の女子たちがなんて言ってたか知ってる？　『早川淳より、一緒にいる男子のほうが全然カッコよくない？』って話してたのよ！　『淳より小田くんのほうがカッコいい』って思われたと思ったら、くやしくて、くやしくて……！　結局は勘違いだったわけだけど、私は、淳が『カッコよくない』って噂されてるのが許せなかったの！　だって、私の淳は、世界一カッコいいんだから！」

「…………………」

カフェのざわざわとした喧噪の中にあって、美樹たちのいる一角だけがしんと静まる。

「恋は盲目」とは、実によく言ったものだ。まさか菜乃佳が、そっちのほうを心配しているとは思わなかった。

「バカップル……」

「何ですって!?」

エリカのつぶやきに、菜乃佳が眉をつり上げる。いつもなら、すかさず仲裁に入る美樹も、今日は力が抜けてしまって、何も言う気になれなかった。

「事実は小説より奇なりって本当ね」

しみじみとつぶやいた都子が、オーダー表にいそいそとメモを取っている。

明日、悩み解決部のドアは、小田達哉によって勢いよく開けられることだろう。その悩みは、隆也に解決してもらおう。美樹は疲れきった頭で、そう考えた。

［スケッチ］

最近のオーガニック事情

今から１ヶ月ほど前、商店街の一角に小さなお店がオープンした。

食の安全性が心配される今日この頃、「安心して食べられるものを提供したい」と思ったオーナーが始めたお店で、野菜はもちろん、棚に並んでいる商品はすべてオーガニックだった。

ただ理想を追求するお店の商品は、どれもこれもスーパーに並ぶ野菜より高かったため、お客の入りが悪く、店内はいつも閑古鳥が鳴いていた。

今の時代には必要な、いいお店なのに、このままではすぐにつぶれてしまう。お店の将来を憂いながら、アルバイトの高崎菜乃佳はレジの前に立っていた。

美の追究に人生を捧げている菜乃佳にとって、健康できれいになれる食べ物の知識は重要だったし、やさしくて物知りなオーナーのもとで働けるなんて、まさに一石二鳥。しかし、当のお店がなくなってしまっては、元も子もない。

オーナーから留守を任された今、このお店は自分が守る！　自分のようにオシャレな女の子がレジに立っているだけでお店の印象が良くなるなら、いくらでも広告塔になろう。そのためには、自分の容姿にさらに磨きをかけなくてはならない。そして、一人でも多くのお客様に、足を運んでもらうのだ。

オーナーは、「わかる人に来てもらえればいいのよ」なんて悠長なことを言っていたけれど、このままではダメだ。やはりここは、お客さんの呼び込みをしたほうがいいかもしれない。

菜乃佳が決意して、外に出ようとした。

そのときだった。ガラスの扉に、小さいが太い影が差して見えた。

ハッと動きを止めて、相手の顔を確認する。同時に、菜乃佳は緊張のあまり、ゴクリとツバを飲みこんだ。

扉の前に立っていたのは、このお店の雰囲気にはまったく似合わない中年女性だった。顔一面にべったりとファンデーションを塗りたくっている。娘のものを借りてきたのだろうか、女子高生に人気の、ラメが入ったパーカーを着ているせいで、正確な年齢はわからないが、50代半ばといったところか。

学校でオシャレ番長と呼ばれている菜乃佳としては、おばさんのファッションに、あれこれツッコミを入れたかった。けれど、今は相手の機嫌を損ねるわけにはいかない。すべての感情や感想を笑顔の下に押しこめて、「いらっしゃいませ」と、丁寧にお辞儀をする。

おばさんは応えなかった。ツンとすました顔のまま無言でお店に入ってくると、落ちてきた眼鏡を神経質そうに指の先で押し上げて、そこでようやく菜乃佳のほうを見た。

「ちょっと、あなた。この店について、聞きたいことがあるんだけど」

「はい！　なんでしょうか？」

笑顔で飛んできた菜乃佳を見て、おばさんが不服そうに目をすがめる。大きなオパールの指輪をはめた指先が、菜乃佳の後ろを指した。

「あの、あれだけどね……」

おばさんが最後まで言う前に振り返る。菜乃佳は納得した。

きっと手が届かなかったのだろう。何しろ品質には自信があっても、狭い店内のことだ。少しでも多くのものを置こうとした結果、天井からつるされたトイレの案内表示板の近くまで、商品が積まれている。もちろん棚の中もぎゅうぎゅう詰めで、おばさんの指さした先には、シリアルの入ったガラスケースが所狭しと並べられていた。

これはチャンスだと、菜乃佳は思った。ここで気に入ってもらえれば、常連客を1人増やせるかもしれない。

「シリアルと一口に申しましても、当店では20種類以上のブレンドをご用意しております。特にお勧めなのがこちらでして、食べるとお肌に張りを与えてくれるだけでなく、お通じも良くしてくれます。もしよろしければ、試食なさってみませんか?」

シリアルの入ったガラスケースを棚から1つ取って、おばさんに手渡す。菜乃佳は自信満々にケースのフタを開けて見せたが、おばさんはそこに貼られていた表示を見るなり、露骨に顔をしかめた。

「やだ、何これ。ひえとか粟まで入ってるじゃない。こんなの鳥のエサと同じよ!」

「とっ……!」

菜乃佳はこみ上げてきた絶叫をかろうじて飲みこんだ。

ここで怒ってはいけない。このおばさんは、美容と健康に関しては素人のお客様なのだ。さすがに鳥のエサはないんじゃないかと思ったが、貴重なお客様相手に、厳しいことを言ってはいけない。

引きつりかけた笑顔のまま、ガラスケースを元に戻して、自分を落ち着けるようにスーハーと深呼吸を繰り返す。そんな菜乃佳の横で、おばさんがまた棚の上のほうを指さした。

「私が聞きたいのは、それじゃなくて、あっちよ」

おばさんの見つめる先に視線を重ねて、菜乃佳は今度こそ理解した。シリアルの棚のすぐ横に、小さな真空パックの袋がいくつも並べられている。それらの中には、いずれも濃い紫色の液体がたっぷりと入っていた。

「それはアサイーピューレですよ。最近ではアサイーボールを作る時などによく使われているフルーツで、当店では、原産地のアマゾン付近で栽培されたものを取り扱っています。もちろん、すべて完全無農薬です」

素人にもわかりやすいように説明して、菜乃佳は最後にニコッと愛想良く笑って見せた。

だが、おばさんは笑い返してもくれなかった。

何か気に障ることでも言ってしまっただろうか？　焦る菜乃佳とアサイーを交互に見る眼鏡の奥の小さな目が、不可解そうなかげりを帯びた。

「あなた、アマゾンに行ったの？」

「は？」

「アマゾンに行って確かめたわけでもないのに、完全無農薬だって、どうして言い切れるの？　最近、食品の偽装って多いんだから。これだって、こっそり農薬を使って育てているかもしれないじゃない」

「そんな！　失礼ですが、お客様、当店で扱っている商品はすべてオーガニックで――」

菜乃佳は一生懸命反論しようとしたが、おばさんは聞いてはいなかった。「若い子の言うことなんて、当てにならないわ」とでも言うように、分厚い化粧を施した顔の前で、パタパタと手を振っている。

菜乃佳は喉元までこみ上げてきた怒りを必死で抑えた。

人の話をろくに聞かないなんて！　天敵のエリカほどではないけれど、世の中にはなんて理不尽で、むかつく人が多いのだろう！

おばさんを見る菜乃佳の視線が、どんどん険しくなっていく。

そのとき、菜乃佳と向き合っていたおばさんの表情が、不意に真剣みを帯びたものになった。

まさか頭の中の声が、知らず知らずのうちに、口をついて出てしまったのだろうか？

心中で焦る菜乃佳に向けて、おばさんは再び棚の上のほうを指さして尋ねた。

「あなた、こっちは時間がないんだから、余計な説明はやめて！」

「え……」

「このお店のトイレには、ウォシュレットがついてるの？」

「……………はい？」

「ほら、あの棚のすぐ上！　天井からトイレの表示がつり下がっているけど、ここのトイレには、ちゃんとウォシュレットがついてるんでしょうね？」

「え？……あ、はい、一応ついておりますが……」

とまどう菜乃佳の前で、おばさんはお店に入ってから初めて満足そうにうなずいた。

「そう、ウォシュレットつきならよかったわ。やっぱりトイレはきれいで、新しいものじゃないとね。で、そのトイレはどこにあるの？」

「えーと、その……つき当たって、右奥にございます」

「そう、ありがと。あなたも無駄話ばかりしてないで、さっさとお客さんのリクエストを把握できるようにならなきゃダメよ。そんなんじゃ、客足が遠のくばかりよ」

「…………」

菜乃佳は何も言い返すことができなかった。おばさんは言いたいことを一方的に告げると、まっすぐトイレに突進して行った。

やがて用を足した彼女は、悪びれる様子もなく、正面玄関からお店を出て行った。

お花畑運動

その騒動は、天野小百合(あまのさゆり)がポツリとこぼした一言から始まった。

「この学校には、お花が足りないと思うんです」

放課後の教室で、ホームルームに飽(あ)きていた1年A組の面々は、小百合からは見えないところで、こっそりため息をついた。塾にバイトに部活と、最近の高校生は何かと忙(いそが)しい。こんなところで時間を取られたくないという気持ちは、美樹(みき)にもわかった。しかし、小百合は違う。

「皆さん、外をご覧(らん)になってください。せっかく立派な花壇(かだん)があるのに、お花が1本もないなんて、悲しいと思いませんか?」

大きな瞳(ひとみ)をうるませ、同意を求めるように、クラスメイトたちの顔を見回す。

「そうね。天野さんの言う通り、人生にお花は必要よね」

担任の飯田直子(いいだなおこ)が、リアクションに困(こま)って適当な一般論を口にしてしまった。その瞬間(しゅんかん)、クラス全員の頭に「まずい！」の一言が浮かんだ。

「先生、ありがとうございます。先生も『お花の必要性』を認めてくださったことですし、今日はクラスで、そのことについて話し合いましょう！」

花の話題となったときの小百合は、まさに水を得た魚……なんてものではない。「立て板に水を得た魚」が正しいだろう。こうなった彼女を止めることなんて、誰にもできない。

小百合は胸の前で手を組み、うっとりと夢見るような顔つきで語り始めた。

「貴婦人のようにあでやかな胡蝶蘭はもちろんのこと、清楚でありながら、実は生命力の強い百合も大好きです！　他にも可憐なかすみ草に、あでやかな椿や、かわいらしいスノードロップ……そんな花々に囲まれて学校生活を送れたら、毎日がもっと楽しくなると思いませんか!?」

「え、ええ、そうね……」

もう完全に小百合のペースだ。たじろぐ直子の姿に、このままでは永遠にホームルームが終わらなくなるのではないかと、みんなが思い始めた。まさにそのとき、

「で、結局、天野さんは何がしたいの？」

教室のだらけた空気を、後ろから上がった声が断ち切った。確認するまでもない。声の主は、同じお嬢様でも、小百合とは正反対の性格のエリカだった。小百合が名前の通り「ユリ」ならば、エリカは「バラ」といったところか。

貴重な放課後を削られて、相当イラ立っているらしい。その声には隠そうともしない、刺すようなトゲが見えている。

だけど、小百合のほうはエリカの冷たい視線なんて気にもとめていない。彼女はいつも通りのマイペースでほほえむと、クラスの面々を見回して宣言した。

「私はこれからの一ヶ月間で、空いている花壇をすべてお花で埋めようと思うんです。私たちが一輪ずつお花を植えていけば、あっという間ですわ！」

小百合の目は輝いている。それはもう一点の曇りもなく、未来に向けてキラキラと。

反対に、その場にいたクラスメイトたちは全員、ゲッソリと疲れた顔つきになった。唯一の例外は、どんなときでも無口無表情の隆也くらいのものだ。小百合の並びに座っていても、「我関せず」を貫き、黙々と本を読んでいる。

「気持ちよい学校生活を送るためにも、皆様、ご協力をお願いいたします」

小百合が深々と頭を下げ、席に着く。かくして、彼女の緑化運動は始まったのである。

高校生活は、ヒマそうに見えて、やることが意外とたくさんある。中でももっとも大変なものの一つが、定期試験の準備だ。2学期の中間試験まで、あまり時間はない。

「世の中には、どうしてテストなんてものが存在するのかな？」

部室の机にほっぺたをくっつけ、美樹は深いため息をついた。先生たちは「知識の定着を図るため」と言うけれど、一夜でつめこんだ数式なんて、翌朝には忘れてしまうのに。まるで砂の城のような存在だ。

「学生なんだから、テストがあるのは仕方ないことじゃない？　というか、テストって楽よ。だって、テストとか試験とかって、要は『お試し』ってことでしょ？　社会に出たら、『お試し』とか『練習』なんてなしに、毎日が実戦になるんだから。テストで済むなんて、学生の間だけの特権よ」

隣で数学の教科書を開いていたエリカが、自分自身を納得させるように深くうなずく。美樹はハッとして、その横顔を見上げた。

エリカは好き勝手に生きているように見えるが、厳しい現実に対峙する覚悟を、こうして時折垣間見せる。社長令嬢の彼女には、彼女なりの哲学があるのだろうし、それがなければ、跡取りとしてやっていけないのだろう。ふだん表に出さないだけで、本当は、自分など想像もできないようなプレッシャーの中で生きているのかもしれない。

美樹はなんとも言いようのない後ろめたさを覚えて、机の反対側に顔を向けた。そこでは、試験前にもかかわらず、隆也が余裕綽々といった様子で、英文でびっしり埋めつくされた本を読んでいる。

隆也の家は自分と同じサラリーマン家庭で、将来のプレッシャーとは無縁のように思える。だけど、実際はどうなのだろう？　彼の目には、どんな現実が見えているのだろう？　本当に、隆也だけは分からない。

いや、隆也とエリカだけではない。自分自身のことさえ、どれだけ分かっていると言えるだろう？

もどかしい現実から目をそらすように、窓の外を見る。その先に、今の自分と同じように頼りない光景を見つけて、美樹は思わず苦笑した。

校庭の手前に、赤いレンガで囲まれた花壇が5つ並んでいる。事前に「花壇」だと教えられていなければ、ただ単に土が盛られているだけの場所に見えたかもしれない。

小百合の宣言から3週間以上が経ったけれど、まばらに植えられた花の数は、たったの10本しかない。その数は、部長である小百合を除いた華道部の人数を表していた。

「もし花壇が花で埋まらなかったら、小百合はどうするのかな？」

「天野さんは一人で勝手につっ走って、無茶な計画を立てたんだから、失敗する覚悟くらい最初からできてるんじゃない？　この忙しい時期に、自腹で花を買って植えてもらうなんて、無理があるのよ」

「そりゃあ、そうかもしれないけど……」

エリカと小百合の気が合うとは、はなから思っていない。だけど、それにしても、今の言い方は冷たすぎるのではないかと美樹は思った。まさにそのとき、コンコンと部室の扉をたたく音がした。

「誰か悩みの相談かしら？」

いい加減、小百合の話をやめたかったのだろう。キラッと目を光らせたエリカが、そそくさとした足どりで扉に向かう。しかし、その顔はすぐに再び不満でいっぱいになった。扉の先に立っていたのは、思いつめた表情をした小百合だったのだ。

「小百合、大丈夫？　どうしたの？」

一応聞いてみたものの、美樹はうすうす感じていた。小百合がこの部室を訪ねてくるだろうことも、その理由も。

小百合はわずかにためらった末、美樹たちの前で、予想通りの答えを口にした。

「実は、今日は皆さんに解決してもらいたい悩みがありまして……その、花壇が花で埋まらないんです」

「何を今さら、当たり前のことを言ってるのよ？　最初から分かってた結果じゃない」

打てば響く勢いで、エリカがきっぱりと答える。美樹は、思わず引きつりかけたこめかみを片手で押さえた。エリカの主張を否定する気はなかったけれど、それにしてもやっぱり言い方というものがある。自分はすっかり慣れてしまったけれど、誰もがこの毒舌に耐性があるわけではない。

ちらりと小百合の様子をうかがう。すると案の定、目の縁に、今にもこぼれそうなほどたくさんの涙がたまっていた。ただ、ここで泣くのは恥だと思ったのか、小百合はグッとこらえて訴えた。

「お花は見ているだけで心を和ませてくれますし、緑の多い環境は勉学にも最適です。それなのに、どうして皆さん、お花の重要性を理解してくれないのでしょう?」

「あのね、天野さん。あなたの家は華道の家元だから、花のある生活が当たり前になってるのかもしれないけど、世の中には、花になんてきれいさっぱり興味がない人も多いのよ。あなたは自分の価値観を人に押しつけているだけだって、どうして分からないの? たとえば、あそこに座っている地蔵が花を愛でている姿なんて、あなたは想像できる? ただのホラーでしかないわよ」

エリカ得意の毒舌乱射が出た。流れ弾に当たったのが隆也でよかったと、美樹は胸をなで下ろした——けど、やっぱりよくない!

美樹はエリカのことをたしなめようとしたが、思考が変な方向にいってしまったせいで、一瞬出遅れた。

「……そこまでおっしゃるのでしたら、分かりました」

小百合の声が一オクターブ低くなる。嫌な予感のする美樹と、口をへの字に曲げたエリカを交互に見て、彼女はきっぱりと告げた。

「お花の素晴らしさを伝えられないなんて、華道の家元失格ですわね。今月中に花壇をお花で埋められなかったら、私は華道をやめます！」

「えっ!?　今月って、あと3日しかないわよ！　華道の家元が、さすがにやり過ぎよ！」

「ふーん……それも一つの覚悟として、いいんじゃない？　人生の方向転換を図るつもりなら、早いほうがいいもの」

「エリカ！　せっかく相談に来てくれた人の悩みを、私たちが増やしてどうするの!?　私たちは悩み解決部でしょ!?」

美樹が本気で怒ると、エリカは気まずそうにプイッとそっぽを向いた。彼女の場合、人の心の機微に疎いのか、それともわざとそれを見ないようにしているだけなのか、美樹にも分からなくなることが時々ある。

美樹がじっと見つめていると、エリカの頬がヒクヒクと引きつり始めた。きっと自分でも言い過ぎたと反省しているのだろう。子どもの頃からのクセで、彼女は自分が悪いと分かっても、意地を張って謝れないときに、よくこうなる。

　ここまできたら、もう一押しだ。美樹がもう一度、今度は「エリカ」と、やさしい声で呼びかけると、彼女は「もう！　わかったわよ！」と、頭をかきむしりながら叫んだ。

「美樹の言う通り、今のは私が悪かったわ！　明日、花をたくさん買ってくるから、それをみんなに配って、花壇に植えてもらえばいいでしょ!?」

「え……」

　小百合が絶句する。彼女のこんな微妙な表情を、美樹は初めて見た。地球人が初めて異星人に遭ったとして、その異星人の姿形は自分たちにそっくりでも、地球人とはまったく違う価値観を持っている種族だということが分かったとき、地球人はこんな表情になるかもしれない。

　小百合のとまどいが美樹にはよくわかった。だけど、「結果第一」をモットーとしているエリカには通じない。この場合、大切なのは結果よりもプロセスなんだと、どう言ったら理解してもらえるだろう？

「あのね、エリカ……」

　美樹が探り探り口を開いた。その矢先、分厚い本の表紙がエリカの後頭部をはたいた。この展開も、美樹はうすうす察していた。

「いたっ！　地蔵、何すんのよ⁉」

「お前が花を配ったところで、何の解決にもならないだろうが」

まさに美樹の言いたかったセリフを横取りしたのは、毒舌の流れ弾を受けても動じず、部屋の隅で英文を読みふけっていた隆也だった。

「世の中には結果がすべてということも多いが、今回は違う。大切なのは、生徒一人一人が自らの手で花を植えることだと言いたいのだろう？」

隆也から鋭い眼差しを向けられても、小百合はひるむことなく、大きくうなずいた。

「花壇の大きさは縦１ｍに、横２ｍが５つといったところか」

考えこむようにあごに手を当て、隆也が窓の外を見下ろす。やがて、彼は本の背表紙をトンッとてのひらでたたいて言った。

「天野小百合、今すぐ華道部の名簿を持ってこい。お前の悩み、この悩み解決部が解決してやろう」

そうこうしているうちに、小百合が悩み解決部を訪ねてから2日が経った。明日は、彼女が進退を決める日にあたる。

美樹たち悩み解決部がみんなに呼びかけた甲斐もあり、5つある花壇のうち、半分近くは花で埋まっていた。が、逆の見方をするならば、まだ半分しか埋まっていないとも言える。

授業中、斜め前に座っている小百合のほうを見ると、彼女はじっと窓の外を見つめていた。あんな勢いで言ってしまったような宣言なんて、なかったことにしてしまっていいと美樹は思ったけれど、律儀な性格のせいか、小百合にはそういうことができないらしい。まるで覚悟を決めた武士のような顔つきで、じっと何かに耐えていた。

そして、ついに問題の3日目となった。

「藤堂さん！　相田さん！　花壇が大変なことになっていますの！」

清楚な外見と裏腹に、声を荒らげた小百合が部室に駆けこんでくる。次の瞬間、彼女は目の前の異様な光景にのけぞりかけた。

無理もない、と美樹は思った。悩み解決部の部室は、その日、めずらしく人であふれかえっていたのだ。1年A組の生徒たちだけでなく、他のクラスの生徒たちもたくさん集まっている。
端の席に座っていた小野寺彰人が、あ然としている小百合に気づいて、やわらかくほほえみかけた。

「天野さん、ありがとう。花一輪運動のおかげで助かったよ」

「ああ。花なんて買ったのは初めてだったけど、あって悪い気はしないし、俺たちにも恩恵があってよかったよな」

彰人につられ、隣の席に座っていた黒田亮平が「うんうん」と、腕を組んでうなずく。一方で、小百合は何で自分が感謝されているのか分からずに、目をパチパチとしばたたかせている。
その姿をもう少し観察していたい気もしたけれど、さすがに悪いと感じて、美樹は席を立った。

「今まで黙っていてごめんね、小百合。ここにいるみんなは、今朝、花を植えるのに協力してくれたの」

「え？　こんなにたくさんの方が、急にどうして？」

「方法は至ってシンプルよ。私たち悩み解決部は、この間の『現代社会』の授業で習った、ローマクラブの環境問題レポート『成長の限界』をヒントにしたの」

近づいてきたエリカが、いたずらっ子のようにニヤリと笑う。その手には、この間、隆也が読んでいた英文の本を持っていた。

「『成長の限界』……今から40年ほど前に、環境破壊は猛スピードで進んでいると、各国に初めて警告を与えたレポートだったでしょうか？」

小百合の質問に、エリカは本の表紙をパチンと指ではじくことで答えた。

「そう。『1日で2倍に生長する水草が、池の中で生長を続け、何日かのちに池の半分を覆うまでになった。さて、池の水面がすべて水草で埋め尽くされるのは、それから何日後のことか？』分かる？」

「あの、えーと……」

「悩む必要なんてないわ。直感で考えて、答えは翌日よ！」

「え？　翌日？」

目を丸くする小百合を見て、エリカが楽しそうに笑う。

「1日で2倍に増える水草なんだから、半分までできたら、残りの池も、翌日には水草で全部覆われているわ。『成長の限界』では、水草を環境問題・食糧危機の比喩にしていたけど、私たち悩み解決部は、これと同じことを花壇でやったのよ」

「…………？」

いまだ不思議そうにしている小百合の前で、エリカは「いい？」と、ペンを取り出し、説明を続けた。

「私たちは最初、華道部に所属している10人にお願いして、まだ花を植えていない生徒2人に、それぞれ声をかけてもらうようにしたの。これで、天野さんが悩み解決部を訪ねた翌日には、新たに植えられた20本をプラスして、花は全部で30本になったわ。この調子で2日目には70本になり、約束の3日目には150本に増えた！　花壇の半分以上をたった1日で埋めたってわけよ」

「偉そうに言っているが、藤堂エリカ、何もお前が自慢することではない」

胸を張って説明するエリカの頭を、後ろから伸びてきた手がこづく。部室につめかけていた生徒たちの間から、「おおーっ、さすが地蔵！」と、賞賛とも驚きとも取れる声が上がった。

「何よ、地蔵。最初に『成長の限界』のアイデアを持ってきたのは、たしかにあなただけど、そのあとに定期試験特典を提案したのは私じゃない」

「……定期試験特典って、何ですの？」

小百合が首をかしげる。美樹はちょっとした気まずさを覚えつつも、クライアント相手に隠しておくことはできなくて、正直に答えることにした。

「こんなことを言ったら、小百合は怒るかもしれないけど……その、急に花を買ってきてってお願いしても、みんな忙しいし、お金もないし、確実に花壇を花で埋められるって保証はないじゃない？　だからね、自分の花を植えたあと、まだ花一輪運動に参加していない生徒2人に声をかけてくれた場合には、お礼にエリカと隆也くん特製の『中間試験対策ヤマ張りメモ』をプレゼントすることにしたの」

「え？　それでは皆さん、お花のことを好きになってくれたわけではないんですか……」

せっかく目標を達成できたのに、真相を知って、小百合の顔が悲しそうにゆがむ。美樹は胸がチクリと痛むのを感じた。

できるなら、美樹だって今回のような方法は取りたくなかった。生徒一人一人に花を好きになってもらった上で、この悩みは解決すべきだと思った。だけど、小百合に華道をやめさせるわけにはいかなかった。だって、彼女はあんなに花のことを愛しているんだから。

そこで、「結果良ければ、すべてよし！」というエリカの主張に乗ってしまった。隆也が言う「自主性は作り出せばいい」という意見にも反対しなかった。

「悩み部の皆さん、今回はありがとうございました。私は、その……花壇を確認してきますね」

「あ、小百合……！」

美樹が呼び止めようとする。その声が聞こえなかったのか、無視しただけなのか、小百合は部屋を出て行ってしまった。

「天野さんったら、何よ。人がせっかく悩みを解決してあげたのに」

エリカが不満そうに口をとがらせる。だけど、彼女はすぐに気を取り直し、残った面々に声をかけた。

「天野さんのことは置いておくとして、約束だから、『中間試験対策ヤマ張りメモ』を配布するわ」

隆也が「そうだな」と同意する。今さら小百合を追いかけるのも気まずくて、美樹も所在なく自分の席に戻ろうとした。まさにそのとき、

「さっきから聞いていれば、何をいい感じで話をまとめようとしているんですか!?」

突如として部屋に飛びこんできた野太い声に、全員の動きがピタリと止まる。今、ものすご

く嫌なものが見えた気がしたけれど――気のせいであることを願い、一度目を閉じて、再び目を開けて見る。しかし、それはやっぱり美樹の気のせいではなかった。

まるで、その場の全員を閉じこめるかのように、扉の前に立ちふさがった樽こと、悩み解決部顧問の小畑花子が、部屋の入口で仁王立ちになっていたのだ。

「最近は、おとなしく活動しているかと思えば……！　あなたたちがやっていることは、悩み解決でも何でもありません！　ただのネズミ講ですよ！」

大きくふくらんだお腹を震わせ、小畑が怒鳴る。オペラ歌手も真っ青な声量に、美樹はビックリした。そして、自分たちのしたことがネズミ講扱いされたことに、もっと驚いた。

美樹に後ろめたい気持ちがあったのはたしかだ。けれど、それは「試験対策メモ」でみんなの協力を得たせいであって、まさかそのことでサギ師呼ばわりされるなんて!!

ネズミ講というのは、「無限連鎖講」とも呼ばれる違法行為である。たとえば、「親」となる会員が、「子」となる会員に商品を買わせ、さらに、その「子」会員が「孫」会員に商品を買わせるということを繰り返す。そうして、下位の会員は売り上げの一部を自分の親会員に納める、という仕組みだ。

だけど、人口には限りがあり、下位の会員を無限に増やせるわけではないから、いつかその仕組みは破綻する。とはいえ、ある程度のところまでは、会員を「ネズミ算」的に増やすことができるから、「ネズミ講」と呼ばれている。

「小畑先生、お言葉ですが、私たちの活動はネズミ講とは違います！」

そう反論したのは、エリカだった。自分たちのしたことが、違法行為呼ばわりされたことに我慢がならなかったのか、顔をまっ赤にして、あの小畑をキッとにらみつけている。

「ネズミ講とは、金銭の受け取りを目的としている行為です。私たちのように善意から行っている活動を、そんなものと一緒にしてほしくありません」

「ですが、実際にあなたたちのやっていることは、その金銭が『中間試験ヤマ張りメモ』とやらに代わっただけですよ」

視線に色があるとしたら、両者の間では間違いなく赤い火花が散っている。ピリピリと張りつめた空気に、部室にいた全員がゴクリとツバを飲みこんだ。そのとき、

「どちらの言い分にも、それぞれ一理あるな」

この場の緊張を完全に無視した、落ち着いた声が割りこんできた。見ると、エリカの隣に来

た隆也が、腕を組んで小畑の顔を見下ろしていた。

「試験対策というエサをちらつかせながら、花の購入を増殖させたという点において、今回の解決方法はネズミ講に通じる部分があるかもしれない」

「地蔵⁉　何を認めて――」

「だが、今回のことで、俺たちが儲けたわけでもないし、被害者が出たわけでもない。そして、花壇が花で埋まれば目的は達成できたわけだから、会員の『無限増殖』が前提だったわけでもない。この点において、ネズミ講とは決定的に違うと言える」

エリカの言葉をさえぎり、隆也が断言する。顔をしかめた小畑を見て、彼は淡々と続けた。

「俺たち悩み解決部の目的は、先生もご存じのように、クライアントの悩みを解消することです。その目的を達成するために有効で、かつ、その方法が誰かを不幸にするわけでないのなら、積極的に活用すべきだと思います。俺たちは、リスクばかりを恐れて、何もできない人間にはなりたくありませんから」

「…………っ！」

小畑の顔が怒りでどす黒く染まる。だが、このまま話を続けたところで平行線になるだけだと悟ったのか、やがて彼女は自分を落ち着かせるように大きく息を吸いこむと、美樹たち悩み解決部の面々を見回して静かに告げた。

「あなたたちの考えは、よく分かりました。『中間試験ヤマ張りメモ』とやらも、それ自体は、生徒同士の勉強会とも言えますから、私も否定はしません。ですが、その対価として、花の購入を条件にしたのは、やり過ぎです。今回の件は、特別に不問に付しますが、その代わり『中間試験ヤマ張りメモ』も没収させてもらいます！」

部室中から「えー！」と、不満たっぷりの声が上がる。けれど、小畑の鋭い眼光に射抜かれ、反論できる者はいなかった。

小畑の「今日は解散です！」という宣言とともに、皆、悩み解決部の部室から去って行く。エリカはやっぱり納得できないのか、小畑の顔をにらみつけていたけれど、彼女や、こんな時でも無表情を貫いている隆也と違い、美樹は心の底でモヤモヤしていた思いが、不安の形を取っていくのを感じていた。

さっき、隆也は「その方法が誰かを不幸にするわけでないのなら」と言っていた。その言葉と重なるようにして、小百合が見せた、悲しげな表情が脳裏をよぎる。たしかに自分たち悩み解決部は、小百合が目的を達成する手伝いをしたし、そのことで彼女は華道をやめずに済んだ。だけど、また今回のように、どうしても達成しなければならない目的が出てきたとき、自分はまた同じ手段を選ぶだろうか？

小畑が待つ中、カバンに教科書をしまい、エリカと隆也と一緒に部室を出て行く。自分の疑問に対して、2人はどんな答えを返してくるだろうか？

美樹は確かめようとして——やめた。答えを聞いてしまったら最後、あと戻りのできないところに行ってしまいそうで、何だか恐かった。

「美樹、どうしたの？」

エリカが振り返る。

「ううん、何でもないの」

不安を胸の奥底に沈め、美樹はいつもと同じようにほほえみながら、エリカの隣に並んだ。

［スケッチ］

別れる理由

とある日の昼休み、その激震は、隣のクラスである1年A組の教室にまで伝わってきた。

「ちょっとみんな、聞いて！　隣のクラスのクルミが、坂本くんと別れたんだって！」

菜乃佳が入口からさけんだセリフに、クラス中がどよめき、美樹は飲みかけのお茶を吹き出しそうになった。

「菜乃佳、その話ってホントなの⁉」

クラスの女子からの質問に、菜乃佳が大真面目な顔でうなずく。

天敵である菜乃佳の発言であっても、ここまでの大ニュースを聞き逃すことはできなかったらしい。美樹の隣でサンドイッチを食べていたエリカが、手を止めてしみじみとつぶやいた。

「まさか、あのカップルが別れる日が来るなんてね。それとも、今までよくもったと言うべきかしら？」

ふだんならエリカをたしなめる美樹も、このときはつい一緒になって、「うんうん」とうなずいてしまった。

なぜなら、子どもの頃からずっと劇団に所属していることで有名な一条クルミと、化学部所属で、「制服より白衣を着ている時間のほうが長いんじゃないか」ともっぱら噂の坂本純平は、「ある意味ベストカップル」と、言われ続けてきたからだ。

なんでも永和学園に入学した直後、純平から「君と一緒にいると、僕の脳内のドーパミンが最大限に活性化する」という一風変わった告白をされたクルミは、にっこり笑顔で答えたらしい。「将来、ハリウッド女優の夫になる覚悟があるなら、つき合ってあげてもいいわ」と。

結果、純平は真顔でその答えを受け容れ、クルミの彼氏の座をゲットしたという伝説を持っている。

その後も、自由奔放なクルミと、穏やかで変わり者の純平は、なんだかんだ言いつつもつき合い続け、周りのみんなは「ああいうカップルもありなんだね」と話していた。

それが、今頃になって別れることになったなんて！　いったい何があったんだろう？

「さすがの坂本くんも、クルミに愛想を尽かしたんじゃない？」

「今さら？　それなら、最初からつき合わないわよ」

１年Ａ組のみんなが教室の真ん中に集まって、好き勝手に憶測をめぐらせる。そのとき、開け っ放しになっていた教室の扉から、話題の張本人であるクルミが廊下を通りかかるのが見えた。

「ねぇ、クルミ！　坂本くんと別れたって、本当なの!?」

菜乃佳が廊下にいるクルミに球速160キロはあろう、ストレートの剛速球質問を投げつける。

クルミは一瞬驚いたように目を丸くしたが、すぐに教室に入ってきて、「純平とは別れたけど、それがどうかしたの？」と、真顔で聞き返してきた。

「そんな、どうして!?　あなたたち、ついこの間までうまくいってたじゃない！」

好奇心の塊と化した菜乃佳に問いただされ、クルミは力なく首を横に振った。

「周りからはうまくいっているように見えても、そうじゃないことって結構あるのよ。私たちもそう。ちょっと天然キャラで変わっていても、そこがかわいくて奥ゆかしい頑張り屋さんだと思っていたのに、つき合ってみたら、全然違う性格なんだもん」

「え、それって……」

歯に衣着せぬ物言いを得意とする菜乃佳までもが、言いにくそうに口ごもる。自分に向けられた好奇の眼差しをまっすぐに受け止めて、クルミは淡々と続けた。

「たとえば、何ヶ月も前から一生懸命選んで用意しておいた誕生日プレゼントを『こんなもの、いらない』って、目の前で捨てられたら、どう思う？　デートの約束をしょっちゅうすっぽかされて、理由を尋ねたら、『見たいドラマの再放送があったから』なんて信じられる？　お菓子を作ってプレゼントしても全然食べないし、口を開けば自分の趣味の話ばかり。そんな人とつき合ってて、愛されてるって実感できる？」

「……深くつき合ってみないと、本当の性格ってわからないもんなのねぇ」

しんと静まりかえった教室で、エリカがこぼした感想に、あの菜乃佳ですら反論せずに黙りこんでいる。反対に、今の発言に勇気を得たのか、クルミは大きな瞳を潤ませながら、切々と訴えた。

「今までにもいろいろあったけど、決定的だったのは、この前の一言。『一人の相手に縛られるのは嫌だから、浮気をするかもしれない』って宣言されて、菜乃佳、あなたなら許せる？」

「そんな……！　無理！　いくら大好きな淳が相手でも、そんなことを言われたら、愛し続ける自信がないわ」

「でしょ？　純平だって同じだったのよ。だから、『もう別れたい』って言われたって、仕方ないの。かわいそうな純平……」

「…………………へ？」

クルミが最後に加えた一言で、今まで同情して話を聞いていた全員がポカンとなった。

「待ってよ、クルミ！　今までの話って、あなた自身のことだったの？　『ちょっと天然キャラで変わっていても、そこがかわいくて奥ゆかしい頑張り屋さん』って、まさか……」

菜乃佳の問いに、クルミは悪びれもせずにうなずいた。

「もちろん私のことよ。私だって、一応自分が世間知らずの箱入り娘だって自覚はあるわ。だけど、それにもかかわらず、舞台のオーディションとか、ハリウッド女優になるための英語特訓とか、いろんなことにチャレンジしてるんだから、頑張り屋さんでしょ？　それに、現場のスタッフさんたちに対しては、いつもすごく気を遣ってるし」

「じゃあ、聞くけど、恋人からの誕生日プレゼントを捨てたり、デートの約束をすっぽかしたり、浮気宣言をしたのも……」

「そう、私よ」

「……クルミ、悪いことは言わないから、土下座して謝ってでも、坂本くんに許してもらったほうがいいわ。坂本くんみたいな人、もう二度と現れないわよ」

菜乃佳のげんなりとしたアドバイスは、その場にいた全員の心を代弁していた。


その後、クルミが純平に土下座して謝ったかどうかは知らないけれど、2人はよりを戻したらしい。校内を並んで歩いている姿が再び見かけられるようになった。

とはいえ、今回の騒動を機に2人の関係が変わったかというと、そうでもないらしい。今日もまた、「ドラマの録画予約を忘れたから、純平、部活を休んで早く家に帰って録っておいて」というクルミのわがままに、純平が笑顔で喜々として応じる姿を目にして、みんなは「やっぱり、あの2人はある意味ベストカップルだよね」と噂し合っている。

純平はクルミのどこに惚れたのか。それは、美樹たち悩み解決部にも解けない、永遠の謎だった。

隣の芝生は青かった

「こんなの不平等だ！　俺たち男子ばかり、大変な思いをしてるじゃねーか！」

バスケ部員なのに、なぜかいつでもまっ黒に日焼けしたクロスケこと、黒田亮平の不満声が放課後の教室に響く。

端のほうで、1年A組の女子たちと一緒にアイスを食べていた美樹は、「しまった！」と、自分のうかつさを呪った。

しかし、後悔先に立たず。

亮平たち男子の大道具チームは、運んで来たベニヤ板やペンキをその場に下ろし、不機嫌そうな顔で女子たちをにらんでいる。

タイミングが悪かったとしか言いようがない。そもそものことの発端は、1ヶ月ほど前にさかのぼる。

今年の文化祭で、1年A組はカフェをやることになった。女子はメイドの格好を、男子は執事の格好をして、お客様を接待するのだ。

演し物が決まったのが、今から1ヶ月前のことで、そのあとは学級委員長の小野寺彰人や、副委員長の美樹が中心となり、クラスを2つに分けた。内装などの飾りつけを担当する男子の大道具チームと、衣装を準備したり、お菓子のレシピを考案したりする女子チームの2つだ。

ちなみに当日はシフトを組み、みんながそれぞれ接客と裏方を担当することになっている。

と、ここまではすべてトントン拍子で進んだのだが、問題は文化祭の準備期間も半分を過ぎた頃に起きた。

男子たち大道具チームが買い出しに行っている間、女子チームのみんなは一休みして、アイスを食べることにした。男子たちにも、もちろん、あとから休憩をすすめるつもりでいた。けれど、実際にワイワイおしゃべりをしながら、アイスを食べている女子たちを見て、亮平は我慢ならなくなったらしい。

「こっちは部活の演し物の準備だってあんのに、何だよ、それ！　俺たちは働いてるのに、なに自分たちだけ休んでんだよ!?」

亮平の怒声に、アイスを食べていた女子たちが気まずそうに顔を見合わせる。そんな中、腰に手を当て、すっくと立ち上がる女子生徒がいた。エリカだ。

大好物のハーゲンダッツ――それも、季節限定のフレーバーを食べる至福の時を邪魔されたことに、腹を立てたに違いない。

「クロスケ、その言い方はないでしょ！　あなたたちが買い出しに行っている間、休んでいたのは事実だけど、私たちだって、ちゃんと仕事をしてたわよ。ほら、見てみなさい」

そう言って、エリカが指した先には、ヒラヒラのレースがついたスカートがあった。実際にぬったのは菜乃佳だったけれど、エリカもちゃんと採寸の手伝いなどをしていた。

エリカが勝ち誇ったような顔で、亮平を見る。しかし亮平は、菜乃佳の手の中のスカートを見て、露骨に顔をしかめた。

「ちっとも進んでねーじゃん。俺らが汗水たらして働いてる間、お前らはクーラーで冷えた部屋の中で遊んでただけだろ？」

「何ですって!?」

教室に甲高い叫び声が響く。エリカではない。怒りに震える手で作りかけのスカートを握りしめ、立ち上がったのは、オシャレに関しては人一倍こだわりの強い菜乃佳だった。

「さっきからおとなしく聞いていれば、クロスケ、衣装の仕事をバカにしてない？　ビーズとかレースとかをぬいつける作業って集中力が必要だから、適度に目を休ませて、糖分を摂取する必要があるのよ。力任せに荷物を運べばいいっていう、単純な作業じゃないの」

「何だとっ!?　男は単純な力仕事をしてればいいって、それ、性差別って言うんじゃねぇのかよ！」

「『してればいい』なんて、言ってないでしょ！　言いがかりはよしてよ！」

女子と男子の間で、バチバチと火花が散る。

これはまずい。文化祭が始まる前に、クラスが真っ二つに分かれてしまう！

美樹がどうしようかと頭を悩ませた。その横から、学級委員長を務めている彰人が、あわてて2人の間に割って入った。

「待ってよ、みんな！　全部、僕が悪いんだ。学級委員長の僕がだらしないから、ケンカになるんだ。本当にごめんなさい！　でも、せっかくの文化祭なんだから、今回はお願い！　みんなで協力して、仲良くやろうよ。そもそも、全然違う内容の仕事を平等に分けるなんて不可能な話なんだから、クロスケもここはアイスを食べて、落ち着いて――」

「いらねぇ！　俺はもう部活のほうに顔を出すから！」

「えっ？　ちょっと待ってよ、クロスケ！」

彰人の言葉なんて、まったく聞いていない。亮平が叫ぶなり、教室を出て行こうとする。その前に、一人の男子生徒が無言で立ちふさがった。隆也だった。

「地蔵、どけよ。女子の味方をする気か？」

体格のいい亮平が、ギロッと光る目で隆也を見下ろす。一方の隆也は動じることなく、深いため息と一緒にポツリとこぼした。

「小さいな」

「はっ？」

「黒田亮平、お前は人間としての器が小さいと言ったんだ。不満を並べ立てたところで、何も解決しないことは明々白々だ。代替案も出さずに、クラスメイトたちを困らせるだけでは、駄々をこねる子どもと変わらない」

「なっ……！　何だよ、地蔵！　俺たち男子ばかりこき使われて、こんな不平等を我慢しろって言うのかよ!!」

怒りで顔を赤くした亮平が、今にもつかみかかりそうな勢いで隆也にかみつく。周りのクラスメイトたちが不安そうに見守る中、隆也は唇の端をニッとつり上げて答えた。

「心配するな。俺たち悩み解決部が、どちらからも文句が出ないように仕事を分けてやろう」

「ええっ!?」

美樹はのど元までこみ上げてきた叫びを、かろうじて飲みこんだ。

まさか急に話を振られるとは思わなかった。隆也は当然のような顔つきで「俺たち悩み解決部」という名を口にしたが、自分には何のアイデアもない。

ちらりと、隣のエリカを見る。エリカは、「お手並み拝見」とばかりに、腕を組んだまま、何も言わない。代わりに悲鳴のような声を上げたのは、学級委員長の彰人だった。

「いくら地蔵でも、さすがに無理だよ! 文化祭の準備にはいろいろな仕事があって、人によってどう感じるかは様々なんだから、平等に分けるなんてできないよ。それより、みんな仲良くしようよ。今までのことは、みんなの代わりに僕が謝るから!! 本当にごめんなさい!」

彰人は、この場を何とかしようと必死だ。今にも拝み倒さんばかりの勢いで、みんなに向かってペコペコと頭を下げている。しかし、そんな彰人の懇願に近い様子を、隆也が気にかけることはなかった。

「小野寺彰人、落ち着け。俺は『平等に分ける』とは一言も言ってない」

「え？」

彰人だけではなく、クラス全員の頭の上に「？」マークが浮かんで見えた気がした。

「平等に分けるわけじゃないなら、どうするっていうの？」

先ほどとは別の意味で、教室が騒然となる。隆也は表情一つ変えることなく、彰人の手から、文化祭の準備のための仕事内容をリストアップしたルーズリーフを取り上げた。ざっと目を通すなり、不可解そうな顔をしている亮平の手に、それを渡す。

「今回の仕事配分について考えるとき、男子は力仕事、女子はその他の細かい作業というように、機械的に仕事を割り振ってしまったが、そうしなければならない理由はどこにもない。黒田亮平、不満があるなら、お前がリーダーとなって男子チームで話し合い、作業内容を均等だと思うよう、２つに分けてみろ」

「ちょっと待ってよ！　それじゃ、男子が有利に――」

菜乃佳の抗議を、隆也の鋭く光る目が制した。あの菜乃佳が、一瞬ひるんだのがわかる。隆也は気にせず、亮平の顔に視線を戻して続けた。

「黒田亮平、お前の答えを聞こう。俺の提案をどう思う?」

「…………」

亮平が手元のルーズリーフをじっと見下ろす。

無言は了解の合図だ。みんながじっと息をつめて答えを待つ中、亮平はリストにあった作業内容を一つずつ整理し始めた。

先ほど、「男子のほうが大変だ」と言った手前、そうするしかなかったのか、元々男子のほうに分配されていた仕事の3割ほどを、女子のほうに持って行く。

「よし。これくらいの分け方が、平等な分け方だろう」

亮平が、ややドヤ顔で言う。周りで見ていた男子たちも納得したのか、抗議の声が上がることはなかった。

これから、隆也はどうするつもりなのだろう?

ハラハラ見守る美樹の前で、隆也は2枚に増えたルーズリーフを亮平から受け取ると、女子のほうを向いて言った。

「これが、男子が考える平等な仕事の分配だ。では次に、女子チームの番だ。この2つに分けた仕事内容のうち、好きなほうを選べ」

「はぁ!?　ちょっと待てよ、地蔵！　女子が選ぶって、ずるくないか!?」

まさかの展開に、亮平が大声を上げる。しかし、隆也は取り合わなかった。

「ずるいことなんてない。お前たち男子は、『これが平等だ』と思うように仕事を分けたのだろう？　ならば、女子がどちらを選んだとしても、問題はないはずだ」

「そりゃあ、そうだけど……」

亮平がグッと言葉につまる。彼のとまどいが、美樹には手に取るようにわかる気がした。

たしかにこれは、本当に平等かどうかはともかくとして、どちらからも文句の出ない――いや、文句のつけようのない分け方だ。理論的には……。

「じゃあ、私たちはこっちの仕事を取るわ。いいわね?」

女子を代表して、菜乃佳が差し出されたルーズリーフのうち、１枚を取る。

そこに書かれていたのは、元々男子がやっていた、大道具系の仕事だった。女子が最初にやっていた仕事を選ぶということは、男子の言う「不平等」を認めたことになるから、それはできなかったのだろう。

みんな菜乃佳と同じ考えだったのか、声に出して反対する者はいなかった。けれど、美樹は不安を覚えずにはいられなかった。

「隆也くん、本当にこれでうまくいくの？」

「いいから、やらせてみろ」

女子も男子も文句を言わず、新しく割り当てられた作業に戻っていく。これで争いはおさまったかに思えたが……。

「クロスケ！　お願いだから、もう針と糸には触らないでちょうだい！」

今にも泣きそうな悲鳴を上げたのは、菜乃佳だった。メイド服の襟にレースをぬいつけていた亮平の手から、あわてて針を奪い返そうとする。いや、この場合、「ぬいつけていた」という表現はおこがましい。何しろ彼は、レースがどうこう言う以前に、服の前側と後ろ側をまとめて一緒にぬうという暴挙に出ていたのだから。

もちろん、本人に悪気はない。というより、「メイド服くらい、俺にだって作れるさ!」という信念のもと、半分意地になっていたせいもあり、不器用な手先からは、服になり損ねた袋状の布が大量に生み出されつつあった。

これだけでも十分な惨劇だというのに、教室の前方に目を向ければ、お菓子作りの監督をしていた女子生徒の一人、高殿頼子が今にも卒倒しそうなほど青ざめていた。

なぜなら、菜乃佳の彼氏である早川淳の「お菓子作りには自信がある」という言葉を信じて任せたところ、なぜか竹炭のようにまっ黒な物体を差し出されたからだ。しかも、「味のほうも、菜乃佳のおスミつきだ」などと、むしろ自慢げに見える。

ふだん温厚な頼子も、「これは『おスミつき』じゃなくて、スミでしょ!」と、心の中でつっこまずにはいられなかった。

一方、大道具の作成を担当することになった結衣は、看板を運ぼうとして失敗したのか、ベニヤ板の下敷きになりかけている。足を引っかけて、ペンキをぶちまけなかっただけ幸いかもしれない。だけど、穏やかにながめていられる状況ではとうていない。

「……隆也くん。いつまでこれを続けるつもりなの？」

何となく予想できていたことだったが、思っていたよりも、はるかにひどい。仕事を文句なく分けることには成功したけれど、結局はどちらのチームも新しい作業にとまどい、混乱しまくっている。

ほとほと困った美樹は、教室の隅で、執事服の胸ポケットに黙々とししゅうを施している隆也に声をかけた。その手は、菜乃佳が決めたデザインを忠実に再現している。だけど、彼みたいに器用な人間は、どう考えても少数派だ。

「ねぇ、隆也くん！」

美樹が強い口調で再び呼びかけると、隆也はようやく手を止め、顔を上げた。教室の中で繰り広げられている悲喜劇を無表情に観察し、最後にパンパンッと手をたたく。

「みんな、作業をやめろ。悩み解決は失敗だ」

「……は？　失敗？」

とうとう菜乃佳に針を奪われたらしい亮平が、間の抜けた声を上げる。その顔を見返して、隆也は淡々と告げた。

「そうだ、失敗だ。俺は、『どちらからも文句が出ないように仕事を分けてやる』と言ったが、今、ほぼ全員から文句が出ている。自分たちが平等だと思う配分で実際に仕事をしてみて、どうなった？　誰か得をした奴がいたか？」

「…………………」

隆也の問いかけに、みんなが顔を見合わせる。彼は気にせず、抑揚のない声で続けた。

「男だから、女だから何かをしなければならないという取り決めはない。だが、世の中は適材適所。互いに得意な分野を担当したほうが気分的にも楽だし、作業も進む。違うか？」

「……そうだな」

クラスを代表し、深いため息と一緒に答えたのは亮平だった。

「俺が悪かった。女子がサボってるなんて言ってさ。メイド服を作ったのは初めてだけど、まっすぐにぬうのは難しいし、指に針が刺さって痛いし……。文句ばっかり言って、ゴメン！　でも、楽そうに見えたんだけどなぁ……」

「楽に見えたのなら、それは『隣の芝生は青い』という現象だ。実際に自分で体験してみないとわからない大変さも、世の中にはたくさんあるということだ」

「わーった！　これからはもう一切文句を言わねぇから、俺を大道具に戻してくれ！」

文句を言うのも早いが、反省するのも早い。それが、亮平の良いところだった。

「ほかにも、仕事を替わりたい奴は前に出ろ。性別は問わない」

隆也の言葉に、男女問わず、多くの生徒たちが教室の中を移動する。その後、１年Ａ組のみんなは誰一人として不平を口にすることなく、文化祭の準備に取り組んだ。

おそらく、文句を言いたいことも多かったと思う。だけど、「大変なのは、自分だけじゃない」と分かっただけでも、不満を飲みこむ理由になったのだろう。

隆也の「悩み解決」が本当に失敗だったのか、それとも、そのことすら織り込み済みだったのかは、彼の表情からはよくわからない。ただ、その口元がほんの少しつり上がっていたことだけは間違いないと、美樹は思った。


そして文化祭の当日、１年Ａ組のカフェは、なかなかの盛況ぶりを見せた。

内装は本物のカフェと比べても遜色がないほど立派なものになったし、菜乃佳が徹夜で仕上げたという衣装の数々は、オークションでも売れそうなほどの出来映えだった。

当然、竹炭のようなお菓子が出されることもなく、お客さんたちは、頼子が考えたパウンドケーキやシフォンケーキのレシピに舌つづみを打った。

こんなふうに、どれか一つをとってもカフェは成功したと言えるが、中でも素晴らしかったのは、文化祭の当日、執事に扮した隆也と、メイドになったエリカの働きだった。

「あの悩み部の連中が『ご主人様』とか『お嬢様』とか言って、かしづいてくれる!」という口コミは、あっという間に学園中に広がり、最後の頃には1時間待ちの行列までできた。

みんなが互いの仕事を尊重し、思い出になる文化祭になったことに、美樹はクラスの副委員長としてホッと胸をなで下ろしていた。しかし同時に、モヤモヤとした言いようのない感情が心の奥底からわき上がってくるのを感じる。

みんなは「あの悩み部」と言う。だけど、その中に自分は含まれていない。「悩み部」のメンバーとして、自分はあまりにも平凡なのだ。

隆也の言葉ではないけれど、隣の芝生をうらやんだところで意味がないとわかっている。それでも、一度心に浮かんだ感情を消すことは難しくて、美樹はこみ上げてきたため息をこっそり飲みこんだ。

［スケッチ］

風邪の特効薬

まるで霧の中につっこんでしまったかのように頭がボーッとして、体がぐらぐらと揺れる。

昨日、突然の雨に降られたのに、カサを買うのをけちり、雨の中を走って帰ったのがまずかったのか、大河内都子は朝から、体温計が故障したのではないかと疑うほどの高熱と、猛烈な後悔の嵐に襲われていた。

ただ、自分がこんなにも苦しんでいるのに、弟の隆也ときたら、ベッドから起き上がれずにもがいている姉を見て、静かに言い放った。

「馬鹿は風邪を引かないと言われているが、あれは嘘だな。ここに生きた見本がいる。正確に言えば、『一応生きているが、今にも死にそうな見本』だがな」と。

いつもの都子であれば、弟のこんな暴言は絶対に許さない。ジョージ・A・ロメロの傑作映画『ゾンビ』よろしく、壁際に追いつめ、目の前でせきをしてやることで、「風邪は人にうつすと早く治る」という伝承を実証してやろうかと思った。だが、今の都子には、それを実行に移すだけの体力さえ残っていなかった。

まさに息も絶え絶えの虫の息。「た〜か〜や〜」と、ベッドの中から恨めしげな声を上げる。

「なんだ？　季節外れの花火でも上がったか？」

軽口をたたきながら、弟は姉の苦境をきれいさっぱり無視して、涼しげな顔で学校に行ってしまった。「それを言うなら、『玉や〜』でしょ！」と、ツッコミを入れる余裕すらできない自分自身がもどかしい。

しーんと静まりかえった家の中には、もう誰もいなかった。共働きの両親は、都子のベッドの横に、水と市販の風邪薬だけを置いて、とっくに仕事に出かけている。

置いてけぼりを食らった娘としては、このまま家でおとなしく熱と戦い続けるか、自力で病院まで歩いて行って、点滴などの処置をしてもらうかの二択しかない。

都子はベッドの中で悩んだ末、「えいやっ！」と一息に起き上がった。右へフラフラ、左へフラフラと、今にも行き倒れになりそうな足どりで家を出る。

我ながら、本当にゾンビのようだ。今度からは、ゾンビ映画を見ても気味悪がらずに、ゾンビにも何か事情があるんだと考えるようにしよう。

病院は家から歩いて5分のところにある。いつもはジョギングであっという間に前を通り過ぎてしまう距離なのに、今日はまるで鉄の鎖をつけているかのように、一歩一歩が重たい。

前方に病院の白い壁が見えたときには、釈放された囚人のように、小躍りをしたくなったほどだ。と言っても、もちろん、今の都子にそんなことをする体力はなかった。

冬なのに、全身にぐっしょり汗をかきながら、倒れこむようにして病院の扉を押す。これでようやく楽になれると思った。

しかし、ホッとしたのも束の間。次の瞬間、都子は精根尽き果てて、その場にくずれおちそうになった。

扉の向こうから吹いてきたのは、地獄の釜をひっくり返したかのような熱気だった。エアコンで部屋を暖めているせいだけではない。三方の壁に沿って並べられた長椅子には、人が鈴なりに腰掛けており、そこからはみ出して、壁にもたれるようにして立っている人たちまでいる。

嫌な予感をかみしめながら、受付に診察券を出しに行くと、なんと前に20人も待っているという。どうやら都子は、ちまたで流行の風邪にかかってしまったらしい。ふだんは流行とあまり関係のない生活を送っているのに、こういうときだけ最先端をいかなくてもいいのに、と本気で思う。

クラクラする頭を抱え、都子は右奥の空いている壁に寄りかかった。

コンクリートに白いペンキを塗っただけの壁は、むんむんとした待合室の中にあっても、どことなくひんやりとしていて、額をつけると気持ちがいい。お年寄りに席をゆずってくれと頼むわけにもいかず、都子は壁に全体重を預けるようにして、半分意地で立っていた。

それからようやく人が少しはけ、空いたソファーの一角に腰掛けることができた。その時点で、優に３時間は過ぎたように感じていたが、実際には30分も経っていなかった。自分の前に待っている患者さんも、まだ軽く15人はいる。

都子は、頭を金輪で締めつけられるような痛みをこらえて、膝の上でギュッと手を組んだ。

せっかくここまで来たのだから、あとには引けない。

まさに決死の覚悟といった思いで、自分の名前が呼ばれる瞬間を待つ。しかし、周りを見ても、自分ほどつらい思いをしている人は、他にいないようだった。

血圧の測定にでも来たのか、隣では、顔に深いシワを刻んだおばあさんたちが、仲良く世間話に興じていた。「うちの嫁は、孫に布オムツを使うことを嫌がるんだ」とか、「最近の子どもは、おもちゃをプレゼントしてもあまり喜んでくれなくて悲しい」とか、よくあるグチを言い合っている。

将来、映画監督になる予定の都子としては、じっくり観察してみたい日常の一コマだったが、今はそれどころではない。

走ったあとでもないのに、呼吸がだんだんと荒くなってくる。さっき無理して立っていたせいか、熱がまた上がってきたらしい。まるで一抱えもある鉄球を乗っけられたかのように、頭が重くて、痛くて——都子が自分のひざに顔を埋めた。

そのときだった。

「あんた、大丈夫かい？」

気遣うようなしわがれ声が、横から聞こえてきた。のっそりとした動作で顔を上げる。

都子に声をかけてきたのは、隣に座っていたおばあさんだった。さっきまで一緒に話していたおばあさんは、都子の気づかないうちに診察室に呼ばれたのか、もういない。

おばあさんは、心の底から都子のことを心配してくれているのだろう。しわくちゃの小さな手が、苦しさのあまり丸まった背中をさすってくれた。

「あんたさ、本当につらいんだね」

こちらを見下ろす黒い瞳の中に、やさしげな光が宿った。これは順番をゆずってくれる気だろうか。それとも、受付の人に順番を早めるように進言してくれるのだろうか。

今までに見てきた映画のパターンから、都子はそう考えた。だが、おばあさんが次に放った一言は、都子の想像の斜め上をいくものだった。

「そんなに苦しいんなら、無理しないで、早く家に帰って休んだほうがええよ」

「……………………」

おばあさんの乾いた一言で、都子は自分が未来の大監督に一歩近づいたと確信した。

これぞまさに自分が観察したかった日常だ。やさしい奇跡なんてめったに起こらない。今すぐにでも、映画の脚本に使える！

都子は全身に力がみなぎるのを感じた。風邪薬や注射では、この風邪が治るようには思えなかったが、おばあさんが与えてくれた脚本のネタが、風邪の特効薬になった……気がした。

将来の夢

その日のホームルームは、いつもと少しだけ違っていた。

ふだんのたっぷり2倍はあるロング・ホームルームで配られたのは、進路調査票。しかも、進学先や学部系統を答えるだけではなくて、自分が将来就きたい職業について調べてくるというレポート課題までついている。

「まだ高一なのに、もう将来について考えなきゃならないなんて、気が早すぎると思うんだけど……」

部室で、机に頬をくっつけ、美樹が疲れたようにうめく。対照的に、隣に座っているエリカの表情は、いつも以上に明るかった。

「美樹は、何も悩むことないでしょ。あなたは私の秘書になったらいいのよ。私は将来、うちの製薬会社を継いで、社長になるつもりだから」

「エリカ、簡単に言わないでよ。今はまだわからないけど、私にだって、人生をかけたいと思うような仕事が見つかるかもしれないでしょ」

「『仕事に人生をかける』なんて、つまらないわよ。それよりも、『人』に人生をかけなさい。その『人』っていうのは、もちろん、私のことだけどね！」

「ハハ……それってやっぱり、エリカの秘書ってこと？」

「そうよ！」

何の迷いもなくうなずくエリカのことを、美樹は少しだけうらやましいと思った。

社長になったエリカの未来は容易に想像できた。白衣の集団にビシバシ指示を飛ばす姿は、とても似合っている。しかし、エリカがカリスマ経営者になるのか、それとも単なるワンマン経営者になるのか……その両方が想像できてしまうのだ。

「地蔵、なんなら、あなたのことも雇ってあげましょうか？　営業でもやって、声の出し方と、挨拶の仕方から鍛え直したらいいわ」

部室の隅で読書に集中している隆也に向かって、エリカが軽口をたたく。彼はつまらなそうに顔を上げると、眼鏡の中央を指でクイッと持ち上げて答えた。

「お前の会社か……考えてやってもいいぞ。ただし、お前が社長に就任してからの会社の株価を見て決める」

エリカもたいがいだけど、隆也は隆也で、ものすごく現実的だ。ちなみに今日は何の本を読んでいるのかと思って手元をのぞいてみたら、『世界のアイデア広告』というタイトルが表紙を彩っていた。

隆也はいったいどんな進路を考えているのだろう？　こうして悩み解決部を始めてから、一緒にいる時間は長くても、そういった会話をしたことはまだ一度もない。

「将来かぁ……私はどうしよう？」

美樹は自分でも気づかないうちに、深いため息をついていた。

エリカや隆也と違って、自分には特別な才能があるわけでも、強い意志があるわけでもない。

ごく平凡な女子高生だ。

みんなと一緒に永和学園を卒業して、大学に進んで……そのあとは？　自分はちゃんとした「大人」になれるのだろうか？

美樹が机の上に両腕を投げ出し、本日何度目かになるため息をついた。そのとき、部室の扉がノックされた。

「きっと樽ね。今日は月に一度の面談日だもの」

エリカがうんざりした口調で言う。

この永和学園において、美樹たち悩み解決部の面々は、基本好きなように活動させてもらっている――教師たちからすると、ただ単に、厄介な生徒たちに関わりたくないというのが、本音かもしれないが……。それでも他の同好会と同じように、月に一度は顧問である「樽」こと、小畑花子の面談を受けるように言われていた。

「先生、どうぞお入りください。鍵はかかっていませんから」

エリカがすました声でうながす。しかし、古い木の扉は開かなかった。

小畑にしてはおかしい。あの教師はいつもこちらの反応を待つまでもなく、樽のように太った体を揺らしながら、ズカズカと勝手に入ってくるのに。よくよく考えたら、ノックをしている時点で、それは小畑の行動ではない。

「もしかして、私たちに相談に来た人かも」

「きっとそうよ！」

美樹の言葉にエリカがうなずく。美樹が立ち上がって扉を開けに行こうとした。その目前で、扉が外側からためらいがちに開けられた。

温和でやさしそうな顔が室内をのぞく。彼女のことは、ここにいる誰もがよく知っていた。

「お母さん!?　暗い顔をしちゃって、どうしたの？」

「お母さん」と言っても、もちろんエリカの母親ではない。れっきとしたクラスメイトだ。高殿頼子という立派な名前もある。だが、調理実習のとき、てきぱきとみんなに指示を出したり、朝礼の最中に貧血で倒れた子を保健室まで連れて行ったりしている姿を見ているうちに、1年A組のみんなから「お母さん」と、親しみをこめて呼ばれるようになったのだ。

「お母さんが悩み解決部に来るなんて、めずらしいわね。あなたはいつも悩みを相談される側の人間だと思っていたけど」

あの人づき合いの下手なエリカですら、頼子には少し気を許していて、彼女のことをあだ名で呼ぶ。

「ちょっと座ったらどう？　悩みがあるなら、聞くわよ」

エリカに勧められて、美樹が出してきたパイプイスに頼子が腰掛ける。彼女は「ありがとう」

と言うと、思いつめたような顔で、机の上に一枚の紙を出してきた。それは今日、ホームルームで配られたばかりの進路調査票だった。

「頼子も、自分の将来について悩んでるの？」

「私、やりたい仕事はもう決まってるんだけど……」

なら、何が問題なんだろう？

美樹が目だけで先をうながすと、頼子は心を整理するように大きく息を吸ってから、ためらいがちに口を開いた。

「私、将来、介護の仕事に就きたいと思ってるの」

「へー。お母さんっぽくて、いい選択じゃない」

エリカがめずらしくまともな感想を言う。エリカの社長姿が簡単に想像できるのと同じように、頼子が高齢者のお世話にせっせと精を出している姿もすぐに思い浮かべられると、美樹は思った。

「頼子、私もいいと思うよ。介護士の仕事は、あなたらしいもの。でも、どうしてその仕事を選んだの？」

日頃の頼子の世話好きは、将来の仕事のためのトレーニングなのか、それとも元々世話好きだから、そういう仕事に就きたいと思ったのか。美樹は、自分の将来のヒントになるかと思い、尋ねてみた。すると、頼子はちょっと困ったようにほほえんで答えた。

「実は、私には、今、老人ホームに入っているおばあちゃんがいるんだけど、中学の頃は『おばあちゃんのお見舞いに行きなさい』って言われるのが、すごく嫌だったの」

「嫌がるって、頼子が?」

ふだんからやさしい頼子らしくない発言にビックリする。意外そうに目を見張っている美樹たちを見て、頼子は小さく肩をすくめた。

「おばあちゃんとは離れて暮らしていたから、そんなに会うこともなかったんだけど、会えばいつも私たち家族に文句ばかり言うような人だったの。元々そういう性格だったのか、何かの病気の影響だったのかはわからないけど、私は理不尽な怒りをぶつけられるのが嫌で、おばあちゃんと極力顔を合わせないようにしていたわ。でもね、おばあちゃんは老人ホームに入って、一人の介護士さんに出会ってから変わったの。いつもニコニコ笑っているようになったのよ」

「どうして? おばあちゃんの身に、何があったの?」

思わず身を乗り出して聞く美樹に、頼子は今度はいつもの彼女らしい、穏やかな笑みを向けて続けた。

「まだ若い、その介護士さんは、おばあちゃんのことをいつも名前で呼んでいたの。それに、おばあちゃんが昔話しかしなくても、人が嫌がるような下のお世話をするときでも、いつも笑顔でいたわ。あの人は、おばあちゃんのことを一人の人間として尊重していたのよ」

「その介護士さん、すごいわね」

美樹は純粋に感心した。美樹の家にも、かつて認知症の祖父がいた。亡くなるまでのわずかの間だったけれど、介護は本当に大変で、美樹の母親は毎日のお世話をするだけで手一杯になっていた。介護する人間がいつも笑顔でいられることは、本当にすごいことだと思った。

「その介護士さんに、『いつも自分が笑顔でいれば、相手も笑顔を返してくれるよ』ってアドバイスをもらって、試してみたら、あの気むずかしいおばあちゃんが、私の前でも笑っていてくれるようになったの！　そのことが嬉しくて、私も将来、介護の仕事に就きたいと思ったんだけど……」

途中まで生き生きと語っていた頼子の顔に、かげりが差す。彼女は目の前の進路調査票に視線を落として、力なく告げた。

「両親は、私の進路に大反対なの」

「え、どうして？」

美樹には、本気で理由がわからなかった。もし自分が親だったら、頼子のしっかりとした志望動機に感心すると思う。何より、面倒見のいい彼女にぴったりの仕事だと思うのに、彼女の両親は何が不満なんだろう？

美樹の疑問は、頼子も感じていたらしい。今にも泣きそうな顔で、理不尽さに耐えるように、ギュッと拳を握りしめて言った。

「何で介護の仕事に就くことに反対するのか、私にもよく分からないわ。ただ、私の母親はずっと専業主婦をやっていたような人だから、人のために働くことの苦労も喜びも知らないのよ。父親だって同じ。銀行で人のお金を勘定しているばかりで、誰かのために汗水たらして尽くすことの大切さがわかっていないんだわ！　私、あんな人たちに自分の将来の夢についてどうこう言われたくないの！　ここしばらく、両親とは口をきいていないわ。だって、あの人たちと話をしても、意味ないもの！」

「頼子……」

いつも穏やかに笑っているからといって、不安や心配事がゼロとは限らない。思ったより根の深そうな悩みを前に、美樹はどうアドバイスをすればよいか、言葉に迷った。

そのときだった。

「高殿さん、あなたはもっともなことを主張しているようだけど、甘いわね。あなたがそういう態度だから、ご両親だって心配になったんでしょう」

バーンッと派手な音を立てて、部室の扉が勢いよく開けられる。目を白黒させている美樹たちの前に現れたのは、

「た…るじゃなくて、小畑先生！　いつからそこにいらしたんですか!?　また盗み聞きですか!?」

机に手をついて立ち上がったエリカを無視して、小畑がツカツカと中に入ってくる。彼女はとまどう頼子の前に来ると、勧められてもいないのに勝手に自分で出してきたパイプイスに座って、ハーッとあからさまなため息をついた。

「さっきから話を聞いていれば……高殿さん、あなたの言っていることはキレイ事ばかりね。

仕事ってのはね、そんなキレイ事ばかりじゃなくて、厳しい現実もあるのよ。例えば、学問の楽しさを伝えたいと思って教師になったのに、わけのわからない活動の顧問を押しつけられたり、とかね」

「先生、それって、私たちの……」

じとっと半眼になったエリカの質問を無視して、小畑は続ける。

「今のあなたであれば、ご両親を説得できないのはもちろんのこと、企業の就職面接にだって落ちるわね」

「そんなこと――」

「ないって言いたいんでしょう？　それなら、私が面接官になりましょう。あなたはまだ高校生だからわからないかもしれないけど、世間はあなたが思っているほど甘くないのよ」

「…………」

頼子が唇をかみしめ、グッと小畑をにらみつける。

小畑も目をそらさない。でっぷりとした貫禄も露わに、頼子の視線を真正面から受け止めている。

「これから行うのは、まぁ、介護みたいな仕事の面接試験だと考えてちょうだい。では、始めましょう」

小畑が高らかに宣言する。頼子はわずかにためらった末、小さく頭を下げると、「よろしくお願いします」と言って、イスの上で姿勢を正した。小畑のほうも、圧迫面接のように、太い腕を胸の前で組んで、頼子を見つめる。

妙なことになった。まさか悩み解決部の部室で、模擬面接が始まってしまうなんて！

しかし、オロオロしている美樹と反対に、エリカと隆也は意外にも冷静だった。顧問のお手並み拝見とばかりに、じっと頼子と小畑の2人をながめている。

「まず、この仕事のやりがいは保証しますが、一方で、これはもっとも過酷な仕事であることをあなたは理解していますか？」

小畑の最初の質問に、頼子がきっぱりとうなずく。

「私は、高齢者の方々のために一生を捧げるつもりでいます」

「でも、この仕事は安っぽい正義感だけでできるものではなくて、人一倍重たい責任を負うことになります。世話する相手が病気や怪我で、時には亡くなることもありますから、豊富な知識や経験だけでなく、責任感と覚悟も必要です」

「もちろんです。知識的なことは、その……大学の4年間で一生懸命勉強しますし、相手が病気にならないよう、全力を尽くします」

「自分の健康よりも、相手の健康を最優先に考えなくてはいけませんが、それでもできるんですね？」

「で、できます！」

「そうですか。では、次は労働条件について話しましょう。この仕事の1週間の労働時間は100時間以上。クリスマスもお正月もないし、自分の都合で休みを取る、なんてことはできません。相手が病気になったら、徹夜で看病なんてこともありえます。自分のプライベートなんて、ないと考えてください」

「『1ヶ月に100時間』ではなくて、『1週間に100時間』ですか!?」

「ええ、そうです」

小畑が次々と繰り出してくる条件に、頼子の顔がさすがに青ざめてくる。黙りこんでしまった彼女を見下ろし、小畑が深いため息をこぼした。

「ここまできても、あなたの決心はまだ揺らがないのですね？」

「……頑張ります」

「さっきあなたは、『おばあちゃんが笑顔になった』と言ってましたね。しかし、この仕事は、そういいいことばかりでは、ありません。いくら尽くしても、相手に無視されたり、時には、『死ね！』などとののしられることだってあります。それでも、あなたはやりがいを失わずに、仕事を続けられますか？」

「私の気持ちが届けば、それで十分です」

「なら、最後にもう一つだけ。これが一番厳しい条件になりますが、この仕事に対する報酬はありません。つまり、０円です」

「え……!?」

「ちょっと、小畑先生！」

絶句した頼子に代わって叫んだのはエリカだった。

「さっきからおとなしく聞いていれば、何の話をなさってるんですか？　そんな過酷な労働で給料が０円なんて、そんな馬鹿げた話があるわけありません！」

「あるんです！　現に、何億もの人がこの仕事に就いています。全身全霊をかけて人のお世話をする、『母親』という仕事にね！」

「あっ……」

思わず口を押さえた頼子を見て、小畑が「フンッ！」と鼻を鳴らす。

「高殿さん、あなたはご両親が働く苦労も喜びも知らないと言っていたけれど、それはあなたにこそ当てはまることです。あなたは実際の介護がどういうものかも知らず、時々老人ホームにお見舞いに行くだけで、介護士さんの素敵な一面だけ見ていたんでしょう。ご老人と子どもで違いはあっても、愛情をこめてお世話をする点は同じです。ご両親があなたを育てるために味わってきた苦労も喜びも全部無視して、甘い理想だけ語る――そんな娘の将来をご両親が心配したって当然でしょう！」

「…………」

「ご両親を説得する努力もせず、『話をしても意味がない』なんて、そんな甘ったれた考えで、介護の仕事が務まると思っているの？　本当に夢を実現したいのなら、何が何でも説得してみせなさい！」

一気にまくし立てる小畑を前に、頼子は何も反論することができなかった。

小畑の言うことは正論だ。あのエリカでさえ、口をつぐんで、その顔をじっと見ている。

やがて、ガックリと落ちた頼子の肩を、小畑が励ますようにたたいた。

「別に、私だって夢を抱くことを否定する気はありません。ですが、その夢について語る前に、まずは人生の先輩であるご両親に向き合ってみなさい。あなたが考えに考え抜いた上で、それでもまだ介護の仕事を目指すというのであれば、たとえご両親が反対なさったとしても、今度は私があなたの夢を応援しますよ」

「小畑先生……」

頼子の顔に、彼女本来の明るさが少しずつ戻ってきたように見える。

今日の小畑の発言が、頼子の将来にどんな影響を与えるかは、まだわからない。それでも何かをつかむことはできたのだろう。少しだけ軽くなった足どりで、頼子が部室を出て行こうとする。その背中に小畑が呼びかけた。

「高殿さん、一つ言い忘れたことがあります。さっき『母親の報酬はない』と言いましたけれど、あれは間違いです。『子どもの笑顔』が、母親にとって最高の報酬です。それさえあれば、何もいらないと思ってしまうほどに。高殿さん、あなたもお母さんに笑顔を見せてあげなさい」

「それでは遅くなってしまいましたが、これから定例会を始めますよ。さぁ、まずはこの1ヶ月間の活動状況について、私に報告しなさい」

イスの上で小畑が腕を組み直す。その眼前に、今までずっと黙って話を聞いていただけの隆也が、1冊の本をつきつけた。それは、彼がさっきまで読んでいた『世界のアイデア広告』という本だった。

「何ですか、急に？」

「いえ、先生もなかなか勉強していると思いまして」

小畑がうさんくさいものでも見るように、目を細める。

隆也が開いたページを、トントンと指でたたいてみせた。その瞬間、小畑の唇の端に小さな笑みが浮かんだ。

「あなたは、かわいくない生徒ですね。教え子に元ネタを気づかれてしまうようじゃ、私もまだまだね。まぁ、悩み部の顧問としては悪くない対応だったでしょう？」

いったいどういう意味だろう？

「地蔵、ちょっとその本を見せてよ！」

隆也が持っている本をエリカが横から奪う。そのページに目を通した瞬間、美樹はエリカと一緒になって、「あっ！」と叫びそうになった。

そこに書かれていたのは、『記念日の広告⑦　母の日』という見出し。アメリカのグリーティングカード会社が作った広告のアイデアが、先ほどの小畑の面接の元ネタだったらしい。

「先生」と、隆也が呼びかける。

「俺たちの顧問を名乗るなら、覚えておいてください。俺たちは『悩み部』ではなく、『悩み解決部』ですから」

「……本っ当に、あなたって、かわいくない生徒ね」

※本編は、悩み解決の一部に、American Greetings 社の広告を参考にさせていただきました。

17

［スケッチ］

平和と歌声

まっ白なクロスで覆われたテーブルには、生クリームと季節のフルーツをふんだんに使ったタルトが置かれ、白いティーカップが4組並べられている。

端から見れば、優雅なティータイム以外の何ものでもない。だが、テーブルの上に置かれているティーカップは、よく見ると、小刻みにカタカタと震えている。誰かの恐怖、あるいは誰かの緊張、あるいは誰かの怒りが、カップを通して伝わってきているのだ。

何で自分は、こんなところに来てしまったんだろう？

――答えは簡単。すべては映画のためだ。

大河内都子は、目の前の状況を客観的に分析すると同時に、身体が熱く興奮してくるのを感じた。これは、映画の特等席どころの話ではない。まるで映画の中に入り、モブの一人として、そのシーンに加わっているかのような感覚だ。

主演は、都子の向かいの席に並んで腰掛けている友人の川崎優奈と、その彼氏である笹塚賢治。そして、助演俳優が一人。

隣の席にちらりと目をやる。そこには、その助演俳優——すさまじい形相をした中年男——優奈の父親が座っていた。

ことの発端は1週間前にまでさかのぼる。

大学で脚本の講義を受け終えた都子が教室を出ると、目の前の廊下に優奈が立っていた。

優奈とは永和学園からのつき合いで、今は同じ芸大に通う仲だ。といっても、油絵学科を専攻している彼女と一緒の授業は少なく、こうして顔を合わせるのも数週間ぶりのことだった。

「優奈、久しぶり！　こんなところで、誰か待ってるの？」

都子が気軽に手を振る。

優奈は答えてくれなかった。高校時代はいつも笑みの絶えない美少女だったのに、今日はその笑顔もなく、全体的に生気がない。

「どうしたの？　大丈夫？」

近づいた都子が、心配して顔をのぞきこむ。次の瞬間、優奈は顔の前でパンッと手を合わせ、思いつめたような表情でさけんだ。

「お願い！　都子に頼みがあるの！　来週、パパに彼氏の賢治を紹介するんだけど、都子も一緒に来てもらえない？」

「はっ？　何で私が？」

いきなりのお願いに、都子は面食らった。だけど、優奈の口調は真剣そのものだった。

「都子も知ってるでしょ？　うちはママが早くに亡くなってから、パパが一人娘の私のことを溺愛してるの。もし私に彼氏ができたって知られたら、どんなことになるか想像もつかないから、ずっと隠しておくつもりだったのに……」

「彼氏の存在がばれちゃったというわけね？」

「そう。そうしたら、『そいつをうちに連れてこい！』って騒ぎ出しちゃって……」

その先は、言われなくても都子にはわかった。やさしい優奈のことだ。大好きな彼氏と父親がケンカになってしまったらどうしようと悩んだ結果、第三者である自分に、ストッパーとしての役目をお願いしに来たのだ。

姉御肌の都子にとって、友だちの願いをむげに断ることなどできなかった。いや、むしろ「友だちの願い」なんて関係ないと言ったっていい。映画監督を志す者として、こんなおいしいネタを無視できるはずがなかったからだ。

これは、「お父さん、お嬢さんとのおつき合いを許してください！」「お前に『お父さん』と呼ばれる筋合いはない！」という、あの定番シチュエーションを目の前で観察できるかもしれない。

「わかったわ、優奈！　それじゃあ、彼氏とお父さんの顔合わせのときには、私も呼んで」

「ありがとう！　本当に助かるわ！」

優奈がホッとした顔で、都子の手を握りしめる。そして――。

都子は非常に気まずい空気の中で、自分の興奮がピークに達するのを感じた。

娘の彼氏を前にして、父親が不機嫌になるのはふつうのことだ。しかし、今回のような展開は、さすがの都子も予想していなかった。

優奈の彼氏――笹塚賢治の目元には、くっきりとしたアイラインとブルーのアイシャドウが塗られ、ツンツンと四方にはねた髪は金色に輝いている。彼はいわゆるビジュアル系バンドのボーカルだったのだ。といっても、アマチュアバンドで、その収入で暮らせているわけではない。つまり、25歳のフリーターである。

「君は男だろう？　なのに、何で化粧なんかしているのかね？」

質問というより、尋問のように鋭い父親の問いかけに、賢治がビクッと肩を震わせる。

これはもう終わったな――と、都子は思った。父親の迫力に飲まれて、賢治は口を開くことすらできないかもしれない。

しかし、ここでも都子の予想に反し、賢治はイスの上で姿勢を正すと、父親の顔を正面から見すえて、きっぱりと答えた。

「僕の夢は一流のアーティストになることです。『夢』などと言うと、妄想だと思われるかもしれませんが、僕の歌には、それを現実にする力があると信じています。男の化粧を不思議に思われるかもしれませんが、このメイクは、アーティストとしての僕のアイデンティティなんです」

「歌手なら、舞台の上でだけメイクをしていればいいだろう？」

「そうはいきません。今日は川崎さんに僕の考えや、僕の行っていることをきちんとお伝えし、わかっていただくために、あえてメイクを落とさずに来たんです」

賢治の隣で、優奈がうんうんとうなずく。意外にもしっかりとした受け答えに、都子は内心で感心した。単なる夢追い人かと思いきや、優奈が選んだ人だけあって、アーティストとしてのポリシーをしっかり持っているらしい。

だけど、第三者に過ぎない都子と違い、優奈の父親は賢治の考えに、簡単には賛同してくれなかった。うさんくさいものでも見るような目つきで、これ見よがしなため息をつく。

「君のポリシーはわかった。だが、その考えは、化粧をしていないと伝えられないわけじゃないだろう?」

「もちろんです。だから、僕はいつも歌詞に、自分の想いをこめて歌っているんです」

「そんなナリで、いったい何を歌うというんだね?」

フンッと勢いよく吹き出した鼻息からは、「どうせ軟弱な失恋ソングでも歌ってるんだろう?」と、小馬鹿にした様子が如実に伝わってくる。しかし、ここでも賢治の答えは、都子の予想を大きく裏切った。

「僕は自分の歌を通じて、反戦を訴え続けたいと思っています」

「…………は？　反戦っていうのは、まさか戦争に反対する、あの反戦か？」

都子も父親も、まさかこの濃い化粧をした青年の口から「反戦」なんて単語が飛び出してくるとは思わなかった。だけど、聞き違えではなかったらしい。賢治が拳を握りしめながら、「そうです。反戦です」と重々しく繰り返す。

「パパ、賢治は本当にすごいアーティストなんだから！　賢治の歌には哲学があるのよ！」

ここぞとばかりに、優奈がフォローを入れる。

最初の頃と比べると、父親の表情もだいぶやわらかくなってきたようだが、まだ半信半疑といった顔つきだ。その様子に、都子は「今こそ自分の出番だ」と思い、静かに口を開いた。

「川崎さん、ここで私から一つご提案があるのですが」

「何だね？」

「もしよろしければ、賢治さんの歌を一度お聴きになってはいかがですか？」

父親は一瞬、梅干しを口にしたような、すっぱい顔つきになった。だが、都子の提案をもっともだと思ったのか、すぐにその梅干しを飲みこみ、元の表情に戻った。

都子が思うに、この父親は賢治自身を嫌ってはいない。それどころか、彼の性格を好ましく思いかけてすらいる。ただ、アーティスト志望のフリーターに、自分の娘を預けていいかどうか、迷っているだけなのだ。

「そうよ、パパ！　ぜひ一度、賢治の歌を聴いて！　話はそれからでいいでしょ？」

娘からも熱心に勧められ、父親も「そうだな」と、最後にはその提案を受け入れた。

都子と優奈の2人が、そろって賢治のほうを見る。彼は急な展開に驚いたようだったが、それでもすぐに覚悟ができたらしい。

「ありがとうございます。それでは、バンドの代表曲で、僕が作詞作曲した『大地には、国境線は引かれていない』を歌わせてもらいます」

派手な伴奏など一切ない。澄んだ午後の空気の中、賢治が大きく息を吸う。そして――。

すべてを聴き終えたとき、父親の顔には驚くほど清々しい笑みが浮かんでいた。

「君のことはよくわかったよ、賢治くん。最初、君の格好を目にしたときには驚いたが、話してみれば考え方もしっかりしているようだし、実にユニークだ」

「あ、ありがとうございます、お父さん！」

「それじゃあ、パパ、私たちがつき合うことを許してくれるのね!?」

期待に顔を輝かせる娘と、その彼氏を前にして、優奈の父親は明るく告げた。

「2人がつき合うのを認めよう。ポリシーだとかをしつこく聞いていたのは、実はお前たちの将来を心配してのことだったんだ。だが、賢治くんなら大丈夫だ」

「ありがとう！　パパも、賢治の歌手としての才能を認めてくれたのね！」

感極まった様子で、優奈が父親に抱きつく。しかし、当の父親は娘の反応に眉をひそめた。

「歌手としての才能とはどういう意味だ？　お前たちは、父親としての私の度量をはかるために、ドッキリを仕掛けたんだろう？　ほら、あれだ！　私がいつも、『優奈が愛した人なら、誰だって構わない』と言っていたのを試したんじゃないのか？」

「……え？　ドッキリ？　試す？」

優奈と賢治がそろって首をかしげる。

「もういいから、いいから！　さっきの死ぬほど下手クソな歌を聴けば、さすがに鈍感な私だって、2人が自分をだましていることに気づくよ。それで、賢治くん。アーティストになるとか、

『大地に国境がどうとか』という冗談はともかくとして、君は本当のところ、どんな仕事をしているんだね？」

ニコニコと笑いながら、父親が尋ねる。隣に座っていた都子は、心の中で、「カーット！」という大声とともに、カチンコを鳴らした。

おみくじの効果

とある日曜日の午前中。朝からシャワーを浴びた塚本結衣は、濡れた髪も乾かさずに、部屋の中でずっとソワソワしていた。

「このワンピースじゃ、さすがに子どもっぽすぎるかな？　でも、こっちのスカートは短すぎるし……」

クローゼットの中身を全部出してきたかのように、ベッドの上は色とりどりの服で埋もれている。ただ、どれだけ服を並べてみても、どうしてもしっくりくるものが見つからない。

もういっそのこと、テニスウェアでも着ていこうか。それがいちばん喜んでもらえるかもしれない。

「って、いくら部長でも、そんなわけないわ！」

心の中のツッコミが、思わず口をついて出てしまった。

「あー、でも本当にどうしよう？　何を着てけばいいのかな？」

頭を抱える結衣の耳に、そのとき、階段の下から母親が話しかけてくる声が聞こえた。

「結衣、いいの？　もう11時よ。お友だちとの約束に間に合うの？」

「え、11時!?　10時じゃなくて!?」

驚いて時計を見る。結衣は「ひゃっ！」と飛び上がりそうになった。

いつまでも悩んでいる場合じゃない。今日行く場所は、電車で30分もかかる所なのに、待ち合わせまであと1時間もなかった。

「もう、しょうがないわ！　これでいこう！」

結衣は泣きそうな顔で髪を乾かすと、赤いチェックのワンピースを着て、家を飛び出した。

その日の待ち合わせ場所は、大通りを一歩横に入った所にある、小さな神社だった。

もう何度目になるかわからない深呼吸を繰り返して、スマホを確認する。やがて、液晶の数字が12時ぴったりを示したところで、曲がり角の先から、本日の待ち合わせ相手が現れた。

「部長！」

結衣はとっさに駆け寄ろうとして、途中で足を止めた。

「あの、その格好は……」

頭からつま先まで、思わず二度見してしまう。今日は部活もないのに、部長は青いストライプの入ったテニスウェアを着て、ラケットの入ったバッグを背負っていたのだ。

「どこかでトレーニングでもしてきたんですか？」

不思議がる結衣を前にして、部長は大きくかぶりを振った。

「筋トレはしてきたが、ボールは打っていない。今日は神様にお願いをするという趣旨の集まりだから、こちらも正装で臨む必要があると思ったんだ」

本音を言うと、部長の格好を最初に見たとき、結衣は少しだけ悲しい気持ちになった。しかし今は、大真面目に説明する部長の姿に、こみ上げてくる笑いを隠すのに必死だった。

そう、自分は部長の、こういういつも一生懸命なところにひかれたのだ。

「なんだ、塚本？　顔が赤いぞ」

「いいえ、部長、今日はありがとうございます。この神社、誰かと一緒にお参りに来ると、神様が機嫌をよくしてお願いを聞き入れやすくなるって言われてるんです。だから、迷惑かもしれないと思ったんですけど、いつもお世話になってる部長に、一緒に来てもらいたくて。それに部長、この神社の名前を見てください！」

まっ赤な鳥居の横に置かれている石柱を指さす。そこには、「貞丘神社」という文字が彫られていた。

「さだおか神社？」

「違います、部長。実はこれ、テイキュウ神社って読むんです。テニスの『庭球』と同じなんですよ。すごいと思いませんか？」

この神社のことを最初に知ったとき、結衣は、「これは神様の与えてくれたチャンスだ」と感じた。心の底からテニスを愛している部長のことだ。こういっためぐり合わせを喜んでくれるに違いない。

結衣の予想通り、石柱に近づいて行った部長は、「貞丘神社」の名前をしげしげとながめて、うれしそうにうなずいた。

「なるほど、今の塚本にピッタリの名前の神社だな。お前の朝練につき合ってやることは、もうできないが、代わりに、お前が次の試合で勝てるよう、俺も一緒にお祈りをしてやる」

部長が自分のことのように、親身になって言ってくれる。

「部長……」

トクンとはねた心臓を、結衣はワンピースの上から手で押さえた。

悩み部のメンバーが余計な横やりを入れたせいで、朝練を一緒にすることはもうできなくなってしまったけれど、自分がお願いをすれば、こうして試合での必勝祈願のため、一緒にお参りに来てくれる。言い方はぶっきらぼうだけど、時折垣間見える部長のやさしさが、結衣にはうれしかった。

「塚本、行くぞ。ここの石段は意外と険しいみたいだから、いいトレーニングになるぞ!」

「はい!」

ほんのり赤く染まった頬に大きなえくぼを刻んで、部長と2人、朱塗りの鳥居をくぐり、石段を登っていく。

神社で最初にやらなくてはならないのは、身を清めることだ。部長は子どもの頃から初詣のたびに、両親に厳しくしつけられてきたらしい。岩を削って作られた手水と、白木の柄杓を前にしてとまどう結衣に、参拝のお作法を教えてくれた。

「私も、神社で手を洗うことは知ってましたけど、その正しい順番とか、口をすすぐことまでは知らなくて、恥ずかしいです……」

「なに、これは礼儀作法と同じだからな。毎年初詣に来ていれば、嫌でも覚えることだ。ほら、これで参拝できるぞ」

部長はポケットから取り出したハンカチできれいに手をふいて、本殿に進んだ。小さくても由緒正しい神社らしく、お賽銭箱の後ろにある建物にはしめ縄が張られている。

ここでもしっかりお作法にのっとって、二礼と二拍手。自分の試合での勝利ではなく、ケガした部長の現役回復と、もう一つの願いをお祈りして、結衣は最後にもう一度礼をした。

「さぁ、これで大丈夫だ。お前は才能に恵まれているが、その才能を活かすも殺すも、あとは練習しだいだぞ」

厳しい言葉と裏腹に、部長が満足そうに笑って、きびすを返す。ひらりと舞ったテニスウェアの袖を、結衣はとっさに後ろからつかんだ。

「どうした、塚本？　まだ何かあるのか？」

「あの、部長……最後におみくじを引いていきませんか？」

「おみくじ？　うちの母親や妹もそうだが、女性はどうしてみんな占いが好きなんだ？　神様にお祈りしたんだから、もう十分だろう？」

「でも、ここのおみくじはすごく当たるって評判なんです！　だから……」

「わかった、わかった！　一緒におみくじを引いてやるから、そんな顔をするな！」

結衣の表情を見てあわてた部長が、社務所に足を向ける。

小さい神社だけあって、中には人がいなかった。この神社では、おみくじを引いて、その横に置いてある棚の中から、出したおみくじの番号に対応している紙を、自分でもらう仕組みになっているらしい。

集金箱の中に百円玉を入れた部長が、おみくじの棒が入っている箱をガシャガシャと振る。几帳面な彼らしい。おみくじが好きかどうかに関係なく、やるとなった以上は徹底してやる気らしく、普通の人のたっぷり2倍は時間をかけて箱を振ってから、彼は「十二番」と書かれた棒を引いた。

「ああ～、12か！　6じゃなかったか。ほら、テニスでは6ゲームを取って1セットだろ？　だから、俺は6という数字をラッキーナンバーにしているんだ」

「部長、おみくじはビンゴじゃありませんから、番号自体には意味がありません。その番号が、何を意味しているかが重要なんです」

「まぁ、それもそうだな」

次は自分の番だ。結衣は勢いよく箱を振って棒を出してから、「二十五番」と書かれている引き出しを開けに行った。部長と並んで、棚の中に入っていた紙を一枚もらう。

「俺は小吉か」

おみくじなんて――と思っていても、大吉でないとやっぱりくやしいらしい。部長がムムッと眉間にシワを寄せる。

「塚本、お前はどうだった？」

「私は……」

結衣は自分の手元に視線を落として、部長から隠すようにおみくじを胸元に引き寄せた。

「どうした？　まさかお前、大凶を引いたのか？」

「ち、違います。あの、ここの恋愛運……」

そう言って結衣が差し出したおみくじには、「今、隣にいる人と寄り添え。されば、幸福にならん」と記されていた。

そっと部長の様子をうかがう。彼は考えこむように腕を組んで、おみくじを見つめていた。息をつめて続く反応を待っていると、彼は緊張で身体を硬くしている結衣の頭に、横から大きな手をポンと置いた。

「よかったな、塚本。これ、混合ダブルスのことじゃないか？」

「え……？」

いくらなんでも鈍すぎる！

部長が本気でそう思っているのか、それともわざと鈍いふりをしているだけなのか、結衣には分からなかった。

「よし。今日の目標は達成したし、何か食べて帰るか」

妹に対するみたいにやさしく結衣の頭をなでて、部長が背中を向ける。

このままでは、この話はこれで終わってしまう！　そんなのは嫌だ！

そう思った瞬間、結衣は去りゆく背中に向かって「待ってください！」と叫んでいた。部長の足が止まる。その前に回りこんで、結衣は一生懸命続けた。

「部長、あの、私、このおみくじに書かれている『今、隣にいる人と寄り添え』っていうのは、部長のことだと思うんです！　テニスの神様だってそう言ってるんですから、その……」

必死で言い募る結衣を見下ろして、部長は小さく首を横に振った。

「無理をするな、塚本。神様にだって、そんな気を遣う必要はないんだぞ。自慢じゃないが、俺は女性に好かれるタイプじゃないしな」

「違います！　私が言いたいのは、そういうことじゃなくて……！」

どうしたら、この気持ちが伝わるんだろう？

分かってもらえないことがもどかしくて、拳をきつく握りしめる。いつもの気弱な結衣らしからぬ様子に、部長がけげんそうに眉をひそめた。

ここで引いてはいけない。せっかく悩み部に悩みを打ち明けて、相談に乗ってもらって、ようやくここまでこられたんだから！

結衣は大きく息を吸うと、部長の顔を正面から見つめて、一息に告げた。

「部長、好きです！」

「えっ……」

「神様とか、おみくじとか関係ないんです！　本当は私、ずっと前から部長のことが好きだったんです。私とつき合ってください！」

今まで生きてきた中で、一番勇気をふりしぼった。もう一度同じことをしろと言われたって、絶対にできない！

激しい緊張のせいで、心臓が今にも壊れそうなほど激しく脈打ち、ノドがひりつくようにかわく。部長は、今の告白をどう思っただろう？

結衣はちらっと上目遣いに部長を見て——驚きに目を見開いた。

こんな顔、初めて見た。いつも生真面目な部長が耳までまっ赤になって、硬直していたのだ。エリカにテニスで負けたときの表情など、比べものにならない。

「あの、部長……お返事は？」

「あ、ああ……」

これじゃあ、イエスなのかノーなのか、わからない。部長はロボットみたいにぎくしゃくとした動きで、落ち着きなく左を見たり、右を見たりしている。一緒になって、下のほうで所在なく揺れている手を、結衣は思い切ってつかんだ。

「つ、塚本!?」

「私じゃダメですか？　ダブルスのことじゃありません。彼女として、私じゃダメですか？」

「そ、そんなことは……！」

部長の全身が凍りつく。今日答えをもらうのは無理かもしれない。

結衣がしゅんとうなだれて、手を放そうとした。そのとき、大きな手がギュッと強く握り返してくれた。

「部長？」

「俺は口ベタだ。だから、その……これが俺の答えだ！」

口に出しては、直接言ってもらえない。だけど、つないだ手の先から伝わってくる熱が、何よりもはっきりと部長の気持ちを結衣に教えてくれていた。

「ほら、塚本！　用が済んだんなら、長居は無用だ。帰るぞ！」

部長がどこか怒ったような口調で言う。

「でも、部長」

「何だ!?」

「帰り道は反対ですよ」

「…………っ!?」

部長が、声にはならない悲鳴を上げる。

「あのな、これは、その……神様にお礼を言ってから、帰ろうと思っただけだ！」

まっ赤な顔で、一生懸命に言い訳を並べる。それでも手を放そうとしない部長の隣で、結衣はくすっと笑ってしまった。

部活ではあんなに厳しいのに、今の部長はすごくかわいらしい。これからも、ずっとずっと隣でながめていたいほどに。

「わかりました、部長。それじゃあ、神様にお礼をしてから帰りましょう」

結衣に手を引っ張られて、部長が少しホッとした顔で「ああ」とうなずく。

神社の本殿に向かって、二礼二拍手。神様に感謝すると同時に、自分を助けてくれた彼らに向けて、心の中でお礼を言う。

結衣にとって、今日は人生で最高の一日に思えた。

ぎこちなく手をつなぎながら、結衣と部長が大通りを歩いて行く。

2人の姿が完全に見えなくなったのを待って、美樹とエリカは隠れていた狛犬の後ろから飛び出した。

「あの部長ったら、面白かったわね！　部活ではいつも鬼軍曹みたいな顔をしてるくせに、結衣に告白されて、ゆでだこみたいにまっ赤になっちゃうなんて！　ああ見えて、中身は意外とシャイなのかもしれないわね」

「エリカ！　それ以上余計なことは言わなくていいから、行くわよ」

「どこへ？」

「謝りに行くの！　あの神社へ！」

放っておいたら、今にも2人のあとを追いかけて行きそうなエリカの手を後ろから引っ張って、美樹は回れ右をした。

「別に神様だって、怒らないんじゃない？　最終的に、2人がうまくいったんだから」

「だけど、すべての番号を出すまでおみくじを引き続けたなんて、さすがに罰が当たるわよ！」

エリカが抱えているバッグの中を指さして、美樹はうめくように言った。

かわいらしい水玉模様のバッグには似合わない。その中には一番から四十八番まで、この神社にあるすべてのおみくじが入っていた。

このお嬢様は、わざとでなかったとはいえ、自分のせいで結衣の恋路を邪魔してしまったことをずっと気にしていたらしい。「悩み解決部」の名にかけて、結衣の恋を成就させるようと、自分がずっと悩んでいた。

そして、ついに名案がひらめいた彼女は行動に出た。大切なのは、結衣が部長に告白をするためのきっかけ作り。そのために、一番ぴったり合う内容の書かれているおみくじが出るまで、昨日一人でおみくじを引き続けたというのだ。

だから今日のデートでも、結衣は実際に自分が引いたおみくじの番号が書かれている紙をもらったわけではない。あれは、エリカが事前に指示した番号だったのだ。もっとも、おみくじを引いたあとに思いきって告白をしたのは、結衣の決断だったけれど。

ムスッと不満げに頬をふくらませているエリカの手を引いて、神社の境内に向かう。美樹は彼女のバッグから取り出したおみくじを、神社の木に次々と丁寧に結んでいった。

「仕方ないわね。ここはスポーツや勝負の神様がまつられているところらしいけれど、今日は塚本さんの幸せを祈っておこうかしら？」

「うん！」

エリカの言葉に、今度こそ勢いよくうなずく。

美樹はエリカと一緒に神社の本殿に向かって、二礼二拍手をした。精一杯の謝罪と、心からの願いを込めて祈る。

「これにて、悩み解決！」

最後にもう一度頭を下げたエリカがニッと笑う。どこまでも澄（す）んだ空と同じように、美樹も心の底から晴れ晴れとした気持ちになれた。

［スケッチ］

社会勉強

冬休みのある日、小田達哉はひんやりとした部屋の中で、声にならないため息をこぼした。人生で初めてのバイトなのに、同僚は全員、母親よりもはるかに年上だろうおばちゃんたち。そして、目の前の大きなテーブルには、山盛りのフルーツや野菜が並べられている。そう、達哉が始めたバイトは、大手のスーパーの裏側で、青果の袋詰めや仕分けをする作業だった。

「ちょっと、小田くん！　何をボンヤリしてんの!?　そんなんじゃ、いつまで経っても終わらないよ。未完の仕事になっちゃうじゃないかい。ミカンだけにね」

「ガハハハ」と豪快な笑いが周囲からわき起こる。学校では軽さがウリの達哉も、気の利いたことを何一つ言えず、「くっそー！」と歯を食いしばりをしながら、手元のミカンをビニール袋の中にグイグイ詰めこんだ。

本当なら今頃、おしゃれなカフェで女の子たちと一緒に楽しく働きながら、「出会い」と「給料」の両方を手にしているはずだった。だけど、実際には立て続けに5件も面接で落っことされてしまった。自分のようなイケメンが職場にいたら、それだけで女の子たちがソワソワしてしまって、仕事にならないと判断されたのかもしれない。それに、こういう場所で働いてみることは、社会勉強にもなるだろうから、いい経験にはなるだろう。

「小田くん、何をニヤニヤしてんの!? 気持ち悪いわよ! それより、早くミカンを表に出してきて!」

「あ、はい! ただいま!」

そんなふうにして、達哉がスーパーで働くようになってから1週間が過ぎた頃、新しいアルバイトが入ってきた。おばちゃんでもなければ、自分と同じ高校生でもない。その新人は、全身から「冴えないオーラ」を放つ中年のおじさんだった。

「は、はじめまして。今野忠と申します。よろしくお願いします」

冴えない外見と裏腹に、お辞儀の角度はきっちり90度になっている。とても礼儀正しい人に見えたが、おばちゃんたちは彼の妙におどおどした態度が気に入らなかったらしい。

「今野さんだっけ？　そんなにゆっくりお辞儀をしてる暇があるんなら、さっさとタマネギを袋に詰めてよ！　ほら、まずは駆け足で袋を取りに行ってくる！」

「は、はい！」

残り少なくなった髪をなびかせ、でっぷりとしたビール腹を揺すぶらせながら、今野さんが倉庫に向かって走って行く。相手が誰であろうと、チーフのおばちゃんは容赦ない。

いい年をした大人がこんなふうにこき使われるなんて、達哉は今野さんに少し同情した。けれど、自分に火の粉がかかっては大変だ。おばちゃんのギロリと光る目がこっちを向く前に、さっさと袋詰めの作業に戻った。

そうして黙々と仕事を続けているうちに、お昼休みになった。時計の針が12時ぴったりを指すのと同時に、おばちゃんたちはご飯を食べるため、達哉を置いて休憩室へ向かった。

あとに残されたのは、テーブルの上に並ぶ野菜や果物の山だけ。達哉はキョロキョロと辺りを見回すと、テーブルの真ん中に置かれていたマスカットに手を伸ばした。エメラルドに輝く粒をいくつかもいで、一口に頬張る。

――甘い！

こういう役得がなかったら、こんな大変なバイトは続けられない。これは、おばちゃんたちの中で奮闘する男子高校生に対しての心付けのようなものだ。これくらいもらったって、怒られはしないだろう。

達哉の頭の中の言い訳は、しかし、後ろから突然聞こえてきた声にさえぎられた。

「小田くん？　何をしてるんですか？」

見ると、倉庫に行っていたはずの今野さんが、部屋の入口に立っていた。黒い小さな目が、信じられないものを見たかのように、丸く見開かれている。

達哉はバツの悪さを感じて、思わず目をそらした。だけど、大して悪いことじゃない。

「今野さんも食べない？　結構うまいんだぜ」

「えっ!?」

「こういうスーパーでは、暗黙の了解ってやつでさ。ちょっと形が悪かったり、傷ついたりしているフルーツは、俺たちバイトが食べていいんだ。捨てられるより、労働者のエネルギーになったほうがフルーツも幸せってもんだよ」

「はぁ……」

「ほら、早く食べて！　チーフに食べてるところを見られると、さすがにまずいから！」

「でも……」

このおじさんは、自分で決断することができないのだろうか。しょうがないから、達哉は背中を押してやることにした。自分はどこまでやさしい人間なんだ、と思いながら。

「早く！」と、達哉にうながされて、今野さんはそばにあった洋なしを一口かじった。

「……本当だ。おいしいですね、この洋なし」

「だろう？」

今野さんの冴えない顔に、小さな笑みが広がる。

それからというもの、達哉はお昼休みの間に、今野さんと一緒にフルーツを物色して、味見をするのが日課になった。


そうして1週間が過ぎた頃、お偉いさんとの打ち合わせから帰ってきたチーフのおばちゃんが、青果係で働いているバイト全員を急に呼び出した。作業の手を止め、テーブルの前に集まった面々に向かって、おばちゃんは重々しい声で告げた。

「さっき在庫管理の人から言われたんだけど、店頭に出ている商品の数が、入荷した分よりもかなり少なくなってるんだってさ。まさかあんたたち、こっそりつまみ食いをしてるんじゃないだろうね!?」

鋭い視線を向けられて、達哉は心臓が止まりそうになった。だけど、自分だけじゃない。今野さんはもちろんのこと、他のおばちゃんたちも盗み食いの経験があるのか、気まずそうに下を向いている。

チーフのおばちゃんはじっとみんなをにらんでいたが、やがて時計の針が12時を指したのに気づいて、やれやれと肩をすくめた。

「今日は忠告だけに留めておくけど、次にこんなことがあったら、ただじゃすまないよ」

チーフのおばちゃんは、ブスッと不機嫌そうな顔で物騒なセリフを吐くと、いつものように、他のおばちゃんたちを引き連れて、部屋を出て行った。

とたんに、達哉は全身から力が抜けていくのを感じた。ちょっとだけなら、バレないと思っていたけど、塵も積もれば何とやらというやつだ。これから、ここでのバイトが終わるまでの間、フルーツを味わうことはもうできないだろう。

横を見ると、今の忠告がよほどこたえたのか、気の弱い今野さんは無言でうつむいている。

こういう時は、そっとしておいたほうがいい。

達哉は一人で部屋を抜け出し、コンビニに行こうとして――途中で、家にサイフを忘れてきたことに気づいた。このままでは、お昼を食べることができない。

「今野さーん、ちょっとお願いがあるんだけどさ。お金を貸してくれない?」

そう言いながら、達哉が部屋の扉を開ける。

達哉は目を疑った。今野さんもまた、ビックリした顔でこちらを見返している。その手に持ったリュックの中から、野菜や果物がゴロゴロとこぼれ落ちてくるのが見えた。

まさか、あの今野さんがスーパーの商品を盗んでいた!?

いや、臆病な彼のことだ。さっきチーフの忠告を聞いたせいで急に恐くなって、盗んだものを返そうとしているのかもしれない。

達哉は、まっ青になった今野さんの顔と、床に転がった青果を交互に見比べ――黙っていることにした。同じ釜の飯ならぬ、フルーツを分け合った仲だ。それに、告げ口みたいな真似は好きじゃない。

しかし、そんな達哉の思いと裏腹に、鋭い一喝が背後で上がった。

「今野さん、あんただったのかい！　最近、野菜や果物を盗んでいたのは！」

振り返ると、まるで般若のような形相をしたチーフのおばちゃんが、達哉の後ろで仁王立ちになっていた。彼女はズンズンと室内に入ってくると、血の気の失せた今野さんの襟をつかんで叫んだ。

「こっちに来な！　今すぐ上の人につき出してやる！」

「ま、待ってください！　これには深いわけがあるんです！」

「なんだい!?」

「私の家には、その……もうお金がないんです」

おばちゃんの動きがピタリと止まる。いぶかしげに細められたその目を見て、今野さんは今にも泣きそうな顔で切々と訴えた。

今から3年前に、自分を女手一つで育ててくれた母が認知症になってしまい、母の介護をしてくれていた奥さんも過労で倒れてしまった。そこで幼い息子も含め、家族3人の世話を同時にすることになった今野さんは、会社を休みがちになり、とうとうクビになってしまった。なのに、家のローンだけが残っているという、見事な負のスパイラル。

チーフのおばちゃんは険しい顔つきのまま、今野さんの話に耳を傾けていた。

「お願いです！　私には養わなければならない家族がいるんです！」

今野さんが目に涙を溜めてさけぶ。おばちゃんは今野さんの持っていたリュックに、無言で手を伸ばした。

達哉はゴクリとツバを飲んだ。盗みの証拠として、上の人に渡すつもりなんだろうか⁉

が、なんとおばちゃんは、床に転がっていた野菜や果物をリュックの中に詰め直して、オロオロしている今野さんの手に戻した。

「持っていきな。あんたの家族に、少しでも栄養のあるものを食べさせてやるんだよ。だけど、これっきりにしておきな」

「……あ、ありがとうございます！」

リュックを抱きしめた今野さんが、何度も何度も頭を下げる。

恐いだけじゃなくて、意外とやさしいところがある。達哉はおばちゃんの粋なはからいに、素直に感心した。これで、今野さんの生活も少しは楽になるだろうと思った。しかし——。

その日を境に、今野さんはピタリとバイトに来なくなってしまった。

「やぁね、いい年して出社拒否？」

「根性なさそうな顔してたもんね。あの人、前の会社をリストラされて、うちの職場に来たみたいだし」

「ほら、みんな！　しゃべってないで、さっさと仕事に戻るよ！」

「はーい、チーフ！」

チーフのおばちゃんに注意されて、残りのおばちゃんたちが作業に戻る。

気の弱い今野さんのことだ。盗みを見逃してもらっても、職場に居座り続けるだけの図々しさがなかったのだろう。

今日でバイトも終わりだし、さっさと仕事を片付けて、この職場に別れを告げようと達哉が思った。そのとき、部屋の扉が勢いよく開けられた。中にいた全員が、手を止めて振り返る。

「田中さん、どうしたんです？　そんなにあわてて」

みんなを代表して、チーフのおばちゃんが、息せき切って入ってきた男に声をかける。彼は自分自身を落ち着けるように、大きく深呼吸をしてから告げた。

「みんな、そろっているか？　これから緊急ミーティングがある」

「何のミーティングです？　作業が遅れてしまいますよ！」

　チーフのおばちゃんが強い口調で抗議すると同時に、一人の男が室内に入ってきた。この場にそぐわない、高そうな黒いスーツを着ている。ポマードでなでつけたようなテカリのある髪と、黒縁の四角い眼鏡が、元々しっかりとした顔つきをさらに生真面目なものに見せていた。

　その男は、いぶかしげな顔をしているチーフの前に立つと、静かに告げた。

「あなたのこれまでの働きや、アルバイトの方々をまとめてきた実績のことは、存じております。それに、あなたが厳しさとやさしさを兼ね備えた人柄であるということも。そんなあなたに、お礼が言いたい。本当に今までご苦労様でした。そして、今日を限りに、あなたにはこの職場を辞めていただきます」

「なっ……！」

　チーフのおばちゃんが絶句する。一拍後、我に返った彼女は男に食ってかかった。

「何で私がクビになんのよ⁉　今までしっかり働いてきたのに！　というか、何でそんなことを、誰だかわからないあんたに言われなきゃなんないのよ⁉」

「これは失礼。申し遅れましたが、私はこのスーパーを含めた企業グループの代表取締役を務めている者です。あなたがクビになる理由についてですが、説明しなければ、わかりませんか?」

「え……」

とまどうおばちゃんの前で、社長が口の端を笑みの形につり上げる。彼が両手を顔に向かって伸ばした——次の瞬間、達也は悲鳴を上げそうになった。

社長の左手には黒縁の眼鏡が、右手にはふさふさとした髪の毛——いや、カツラがにぎられていた。その下から現れたのは、蛍光灯を反射してツルリと輝く頭とバーコード!

「どうも、社長の権田です。社員たちは、陰で『今の社長はさぁ』と言っているようですから、『今の』と名乗ったりもします。チーフ、困っている人を助けようとした、あなたのやさしさは立派です。でも、それはあなた自身のお金でやるべきことであって、あなたの自己満足のために、うちの会社が損害をこうむる理由にはならない。人としてはともかく、管理者として、あなたは失格だ」

「……この鬼っ!」

ようやくすべてを理解したおばちゃんが、怒りのあまり、握りしめた拳をわなわなと震わせる。だけど、今の社長はまったく気にしていなかった。

「鬼で結構。時に非情になることができなければ、経営者は務まりませんから。こういったことは、学校では教えてくれませんからね。これを機に、しっかり覚えておくことです」

最後の言葉が、誰に向けて言われたものかは明らかだった。

達哉の背筋を冷たいものが走る。みんなの前で怒ってくれたほうが、よっぽどいい。社長の顔は笑っていたけれど、その視線は刃物のように冷たく研ぎすまされていた。

今日でバイト終了のせいか、達哉が盗み食いをとがめられることは結局なかった。初めてもらった給料に加えて、この日、達哉は社会の厳しさについて嫌というほど学んだ。

スターになる方法

大河内隆也が言う。

「相田美樹、やはりお前こそスターだ」

藤堂エリカが、負けじとばかりに言葉を続ける。

「美樹、あなた、自分がスターだってことに気づいてないの？」

悩み解決部の2人に真顔で言われ、相田美樹は照れくさいような、小馬鹿にされているような、それでいて、ちょっとだけむずがゆいような気持ちになった。

こんな感覚は初めてのことで、どう応えたらいいのか、分からない。でも、決して嫌な感じはしなかった。


話は1週間前にさかのぼる。それは文化祭も終わり、教室の空気がいつもの落ち着きを取り戻し始めた昼休みのことだった。

その日、いつも一緒にお昼を食べているエリカは、文化祭で張り切りすぎて風邪を引いてしまったらしく、学校を休んでいた。ひとりぼっちの美樹を心配して、結衣たちが学食に誘ってくれたけれど、なんとなくそんな気にもなれず、美樹は窓際の席でお弁当を食べながら、手元の紙をじっと見つめていた。

その紙に書かれている言葉は「進路調査票」。進学か就職かを書く欄があり、進学の場合には、さらに細かい進路を記入する形になっている。

美樹の進路調査票は、一応最初から最後まで埋まっていた。

第一志望は国立の四年制大学の文系で、将来就きたい職業はコンサルタント。宿題として出された通り、コンサルタントの仕事について調べ、その内容をレポートにもまとめてきた。端から見れば、すべてそつなくこなしているように見える。これならば、担任である飯田直子から文句を言われることもないだろう。だけど、これらの内容は、「一応」書いたものに過ぎなかった。

——自分は将来、どんな大人になるのだろう？

永和学園で過ごす毎日は、あまりにもいろいろなことがありすぎて、今まで将来のことなんて考える余裕もなかった。いや、もしかしたら自分でも意識しないうちに、あえて考えないようにしてきたのかもしれない。だけど、こうして進路調査票を目の前につきつけられては、いつまでも目をそむけているわけにはいかない。

美樹が、本日何度目になるかわからないため息をついた。そのとき、

「相田さん、どうしたの？」

急に横から声をかけられ、美樹はハッとして顔を上げた。そこには、ほんわかした雰囲気と、クルクルした天然パーマが印象的な1年A組の学級委員長——小野寺彰人が、心配そうな顔で立っていた。その手には、小畑花子から「昼休みの間に集めておいてちょうだい」と言われていた、世界史のレポートを抱えている。

「ボーッとしてて、ごめん！　私も手伝わなきゃならなかったのに！」

彰人と一緒にレポートを集めて、提出の有無をチェックするのは、副委員長である美樹の仕事だ。それなのに、自分のことにいっぱいいっぱいで、すっかり忘れていた。

「今日、欠席しているのはエリカだけだから、残りの39人分を確認すればいいよね？」

美樹がわざと明るい声で告げた。その言葉に、彰人はなぜか困ったような顔をした。

「委員長、どうしたの？」

「こんなことを聞くのはなんだけど……相田さん、なんか悩んでない？」

「え？　そんな、何を……」

「悩み解決部の相田さんには、釈迦に説法かもしれないけど、何か困っていることがあるなら、いつでも相談に乗るよ。たとえば、その……進路が決まらなくて、調査票の提出を先延ばしにしたいのなら、僕から飯田先生に頼んでもいいし」

彰人の目が、机の上に置きっ放しにしていた進路調査票をちらちらと見やる。彼は、自分が進路のことで悩んでいると思ったのだろう。それは、まったくの勘違いだ。でも、一生懸命話しかけてくる彰人を前にして、美樹はなんだか温かい気持ちになった。

彰人のことを、お飾りの委員長だと思っている人は少なくない。端から見ると、個性的なクラスメイトたちに翻弄され、情けない悲鳴を上げてばかりいるように思えるのだろう。だけど、美樹は彰人のこうしたさりげない気遣いに、いつも助けられてきた。

「委員長、心配してくれて、ありがとう。だけど、私の悩みは、時間をもらったって、解決するものじゃないから……」

「どういうこと？」

彰人に聞き返され、美樹は「あっ！」と口を手で押さえた。本当はこんなふうに、誰かにグチるつもりなんてなかった。それなのに、気づいたら、つい余計なことを口走っていた。

彰人が心配そうにこちらを見ている。このまま会話を切り上げるのも悪い気がして、美樹は少し迷った末、小さく肩をすくめて答えた。

「なんて言うか、その……私って、つくづく平凡だなぁと思って」

声に出してみると、情けなさが倍増して嫌になる。だけど、本当のことだから、仕方ない。

永和学園に入学し、悩み解決部を立ち上げてから、ずっと感じていたことだ。

親友のエリカは無敵のお嬢様で、美人な上に頭がよく、行動的。なおかつ、良くも悪くも強烈なリーダーシップを持っている。

もう一人の部員である隆也は、何を考えているのかわからないことも多いけれど、悩み解決部の活躍は、彼なしには語れない。

だけど、自分には何がある？

個性的な2人にはさまれ、いつも流されるように動いているだけだ。

「ごめんね、なんだか暗い話をしちゃって」

美樹がごまかすように笑った。その肩を、彰人が急にガシッとつかんできた。

「い、委員長??」

「わかる！　わかるよ、その気持ち！」

「へっ？」

「平凡って、つらいよね！　僕も、ものすごーく平凡な人間だから、相田さんの気持ちがよくわかるよ！　もっとキャラ立ちしたいけど、どうしたらいいか、わからないよね!?」

彰人の熱弁に、クラスメイトたちが「何だ、何だ？」と振り返る。美樹は急に恥ずかしくなって、肩に置かれていた手をあわてて振りほどいた。

「委員長、落ち着いて！　あなたは平凡なんかじゃないから！」

「そんなことないよ！　『こんなに頼りない僕が学級委員長で、本当にごめんなさい！』って、いつも思っているんだ。地蔵の有能さの10分の1でも、僕にあったらよかったのに！」

気がついたら、いつの間にかグチを聞かされる側になっていた。

「委員長には委員長の良さがあるんだから、隆也くんの真似をする必要なんてないわ！　ていうか、グチを聞いてもらっていたのは、私のほうだよね!?」

美樹の目から見れば、彰人ですら、ある意味、とても個性的に思える。それに比べ、自分は本当に平凡すぎて、どうしたらいいか困ってしまう。

美樹が暗い顔をしていると、彰人が不意に「イメチェンは？」とつぶやいた。一瞬、聞き違いかと思ったけれど、彼はこちらの顔を見て、はっきりとした口調で繰り返した。

「ほら、相田さん！　今までの自分を変えたくて、入学と同時に、性格や外見を変える人たちがいるよね。今からでも、試してみたらどうかな？」

「イメチェン、ね……」

彰人のアドバイスに、美樹は腕を組んで考えこんだ。

誰にも気づかれずにちょっとずつ変わっていって、気がついたときには、全然違う人間になっていた――なんてことは、実はあまり多くない気がする。それよりも、劇的に変わるべきだろう。最初は自分の変化にみんな驚くだろうし、いろいろと噂されるだろう。だけど、どこかで勇気を出して大きく変わることができたら、いつしかそれが当たり前になる。そうしたら、自

分の平凡さに悩まされることももうない。

今こそ、新しい自分に生まれ変わるべき時なのかもしれない。

「委員長、ありがとう！　イメチェンって、結構いいアイデアね」

「うんうん、お互いに脱平凡を目指して頑張ろうよ！」

「そうね！」

彰人と2人、互いにうなずき合う。

かくして、次の日から美樹のイメチェン運動が始まった。


まず最初に、美樹は、見た目を変えてみた。やり方は簡単。スカート丈を5㎝短くして、菜乃佳みたいにブレザーのタイを少しゆるめてみたのだ。強い決意とは裏腹に、その少しばかりの変化が、美樹にとっての「劇的な変化」だった。しかし、そのほんのささやかな変化も見逃さない人間がいた。

「相田さん！　何ですか、その格好は！　あなたまできちんとしていなかったら、悩み部は、どうなると思っているの!!」

「は、はい、小畑先生！　すぐに直します！」

校門の前で、仁王像のように待ち構えていた樽こと、生活指導の小畑花子に一喝され、美樹は彼女から逃げ切るほどの根性もなく、あえなく元の姿に戻った。


それからも、美樹のイメチェン計画は地味に続いた。

音楽の授業では、合唱のソロパートを志願して歌ってみた——けれど、緊張のせいで声が裏返ってしまい、みんなに大笑いされた。

英語の授業でも積極的に英文の朗読にチャレンジしたが、「クリスチャン」と読むべきところを「キリシタン」と発音してしまい、誰かに「江戸時代かよ！」とつっこまれた。

いったい何がいけないのか、自分でもよくわからない。どうにかしようと焦れば焦るほど、ボタンの掛け違いのようにすべてが空回りして、失敗に終わる。


そうして1週間が過ぎた頃、美樹は放課後の家庭科室で、本当にボタンを掛け違えていた。

家庭科の課題であるパジャマをぬっていたのだが、気がついたときには、ボタンの数と穴の数が合っていなかったのだ。

どうして自分には、こんなこともできないんだろう？

平凡な人間なら、せめて人並みに何でもこなせるようになりたいのに！

すべてが嫌になって、美樹が逃げだしたくなった。まさにそのとき、家庭科室に入ってきた菜乃佳が、横からひょいと顔をのぞきこんできた。

「美樹、大丈夫？　なんだか最近、元気ないけど」

「え……」

てっきりパジャマの心配をされると思っていた美樹は、予想外の言葉に、目をパチパチしばたたかせた。菜乃佳のほうは、そんな美樹を見たまま、心配そうな顔で続けた。

「美樹にはいつも相談に乗ってもらってばかりいるから、今度は私が力になる番よ！　気になることがあったら、遠慮しないで、何でも私のほうに相談してね」

正直、驚きだった。いつでも彼氏第一の菜乃佳が、自分のことをそんなふうに気にかけていてくれたなんて。そして、「私のほうに」と強調したのは、たぶん隣に座っている、彼女へのけん制だったのだろう。その当人であるエリカは、しかし、そんな言葉を気にするでもなく、ミシンを動かしていた手を止め、こちらを向いて言った。

「高崎さんよりもずっと前から、私は気づいていたけど。親友である私の目から見ても、最近の美樹はなんか変よ。本当にどうしたの？　何か嫌なことでもあった？」

薄茶色の目の奥に、いつになく真剣な光が宿っていることに気づいて、美樹は力なく首を横に振った。

「ごめんね、エリカ。別に嫌なことがあったわけじゃないんだけど……」

「だけど？」

やっぱりこのお嬢様相手に、隠しごとはできない。真顔で問いつめられ、美樹は最後にとうとう観念して口を開いた。

「あのね、本当にくだらないことだけど……エリカや隆也くんと違って、私、平凡すぎて何の役に立っているのか、わからないの」

美樹としては、思い切って悩みを打ち明けたつもりだった。しかし、告白を聞いたエリカのほうは一瞬意外そうに目を見開いただけで、すぐに「なぁんだ」と肩をすくめた。

「エリカ？」

「何を真剣に悩んでいるのかと思っていたら、そんなことを気にしてたの？」

「え……そんなこと？」

エリカのことだから、きっと悪気はない。頭ではわかっているのに、このときの美樹には軽く流すだけの余裕がなかった。

「『そんなこと』って、どういう意味？」

自分でも、あからさまに声がとげとげしくなっているのを感じる。ビックリしたエリカが、何か言おうとした。その動きをさえぎり、美樹は思わず大声で叫んでいた。

「エリカの目から見たら『そんなこと』かもしれないけど、私にとっては一大事なの！　エリカみたいな学園のスターには、平凡な人間の気持ちなんてわからないのよ！」

「…………美樹？」

まるでしかられた子どものように、エリカが呆然とした顔つきになる。美樹はハッとして口を手で押さえた。

「ごめん、言い過ぎたわ。今のは忘れて」

これでは、エリカのことを不器用だなんて、もう言えない。八つ当たりをしてしまった自分が恥ずかしくて、思わず目をそらす。エリカがめずらしくとまどっているのに気づいても、顔を上げられない。

気まずい空気が2人の間に流れた。その時だった。

目の前に、突如として細長いロープのようなものが落ちてきた。それが飛んできた方向を見ると、そこにはミシンを操る隆也の姿があった。彼もまた、パジャマの課題に取り組んでいたらしい。彼が投げてきたのは、ズボンのウエストに入れるためのゴムだった。

「相田美樹、そのゴムは俺が先日、量り売りで買ってきたもので、ちょうど1mある。俺たち悩み解決部の3人で分けることになったとしたら、お前はそのゴムをきっちり3等分できるか？」

「えっ？」

隆也は急に何を言い出すのだろう？

美樹は隆也の顔と、目の前のゴムを何度も見比べた。彼はいつも通りの無表情で、その思考はさっぱり読めない。だけど、彼が意味のないことを質問してくるとも思えなくて、美樹は迷った末に、思ったままの答えを伝えた。

「このゴムがちょうど１mなら、３等分することなんてできないわ。だって、１を３で割ったら、０.３３３……って永遠に３が続くだけで、割り切れないもの」

平凡だけど、他の方法なんてない。美樹の答えに、しかし隆也は首を横に振った。

「違うな。この１mのゴムは３等分できるんだ」

そう言うなり、隆也はこちらのほうに歩いてきて、テーブルの上のゴムを手元に引き寄せた。そのまま端をつまんで、１mあるというゴムをきっちり３つ折りにしてみせる。

「３等分したら、こうして３分の１mになる」

「………？」

美樹には、隆也が何を言いたいのか、やはり分からなかった。

「３分の１m」なんて、ただの言葉のあやではないのだろうか？　そんな心のつぶやきを見すかすように、隆也はこちらの目を見て続けた。

「もともと１mという単位がどうやって決まったか、お前は知っているか？　地球の円周の４千万分の１にあたる長さを１mと定義しようと、昔の学者たちが話し合った結果にすぎない。

つまり、このゴムの長さを１ｍと呼ぶのは、単なる約束ごとにすぎないということだ。たとえば、はじめから、この長さを１ｍではなく３ｍと取り決めていたら、割り切れることはすぐに分かるだろう？　割り切れないのは、この長さではなく、１という数字なんだ」

そこまで説明されて、美樹にも隆也の言いたいことがようやく理解できた。だけど、どうして今、そんなことが関係あるのだろう？

けげんに思う美樹の前で、隆也が根気強く説明を続ける。

「いいか、相田美樹？　目に見える物事や、感じた出来事に対して、どういうモノサシをあてるのか……そのモノサシは、他人に決められた目盛りのついたものである必要はないし、モノサシが１本である必要もない。俺たちは、自分をわざわざ規格品に当てはめる必要なんて、ないんだ」

美樹がハッと息を飲む。その反応に、隆也の唇(くちびる)の端(はし)が、ほんの少しだけ満足そうにつり上がって見えた気がした。

「相田美樹、お前は１つの単位にとらわれているようだが、単位や見方といったものは無数に存在する。お前は自分ことを『平凡』だと思いこんでいるようだが、それはお前が決めつけた単位で世界を見た場合のことであって、俺たちの目には、まったく違った現実が見えているんだ」

「そうよ、美樹。私も地蔵の言葉は正しいと思うわ。地蔵が、『今、俺、いいこと言ってる』みたいなドヤ顔をしてるのには、ちょっとひくけどね」

困惑している美樹の隣で、エリカが言葉を重ねる。その反対側では、菜乃佳が大真面目な顔で力強くうなずいていた。

「もし美樹が自分のことを『平凡』だと思っているなら、勘違いもいいところよ！　小学生の頃からずっと藤堂さんの友だちを続けているって時点で、十分すごいことだと思うもの」

「その言葉、そっくり高崎さんにお返しするわ。私からすると、あなたと会話を成立させられるという一点においても、美樹は尊敬に値するもの」

「何ですって!?」

「ちょっと菜乃佳！　エリカも、ケンカを売ったりしないの！」

どうしてこの2人は、顔を合わせれば、いつもいがみ合うのだろう？

いつものように仲裁に入った美樹を見て、隆也が言った。

「相田美樹、やはりお前こそスターだ」

それを聞いたエリカが、負けじと続ける。

「美樹、あなた、自分がスターだってことに気づいてないの？」

「え、待ってよ！　さすがに私がスターって……隆也くん、馬鹿にしてるでしょ？」

真正面からスター呼ばわりされたことが照れくさくて、思わず反論する。しかし隆也は気にせず、きっぱりと告げた。

「相田美樹、お前はリンゴ・スターなんだ」

「へ？　リンゴ？」

今度は何を突然、フルーツの名前なんて出してくるのだろう？

ポカンとしている美樹を見て、隆也は淡々とした口調で続けた。

「リンゴ・スターと言うのは、ロックの歴史を変えたビートルズのメンバーだ。ビートルズには、ジョン・レノンとポール・マッカートニーという、あまりに個性的で輝く才能を持った2人がいた。だが、リンゴ・スターという、メンバーをつなぐ存在がいなかったら、ビートルズはもっと早くに空中分解し、名曲の数々も生まれなかったと言われている。相田美樹、お前は悩み解決部のリンゴ・スターでいいだろう？　それは十分な個性だ」

「……もしかして、エリカも隆也くんと同じことを言いたかったの？」

「えっ!?　私が地蔵なんかと同じことを考えるわけないでしょ！……あー、もうっ！　ふだんは察しがいいくせに、どうしてこういうときだけわからないのよ？　悩み解決部には美樹が必要なの！　美樹は悩み解決部のマスコット的な存在だから、ハムスターのスターよ！」

自分で言っておきながら、途中で急に照れくさくなったのか、エリカがまっ赤になってそっぽを向く。その様子に、美樹はさっきまでの暗い気持ちも忘れて、つい吹き出してしまった。

「そっか。エリカにとって、私はハムスター程度の存在なのね」

「えっ？　違うわ！　ハムスターっていうのは、たとえよ！」

今度は一生懸命否定しようとする。自分の言葉一つで右往左往する姿がかわいくて、美樹はこみ上げてきた笑いを必死でこらえた。隆也のほうを向くと、またいつもの無表情に戻っていたけれど、その口の端が少しだけ満足そうにつり上がっているように見えたのは、今度こそ気のせいではないだろうと思った。

［スケッチ］

ささやかな実験

とある日曜の朝、悩み解決部のメンバーは、ビルの一室に集められ、試験を受けていた。渡された答案用紙には解答欄がいくつも並んでいたが、学校のテストでもなければ、模試でもない。それは、都子の友人である二階堂桔平が経営している会社の入社試験だった。

もちろん、試験に合格したところで、美樹たちが入社するわけではない。「高校生にもできる内容だから、テストに協力してよ」と、頼まれたのだ。しかも、「バイト代をはずむよ」とまで言われては、断る理由なんてない。

というわけで、美樹は日曜の朝から、答案用紙とずっとにらめっこをしている。「テストに協力」なんて言うから、てっきりアンケートか何かかと思ったのに――「こんな問題、解けるわけないでしょ！」と、何度机をひっくり返したくなったか、わからない。

美樹が渡された問題は、株の取引に関するものだった。自分のスマホを使って、どんな情報を集めてもいい。もし自分が1千万円もらったとしたら、どうやって財産を殖やしていくか、1番儲りそうな株の銘柄と資金配分を答えろという。

毎月のお小遣いが5千円の美樹には、ほど遠い世界の話だ。お嬢様のエリカだって、経済誌をよく読んでいる隆也だって、さすがに困っているだろうと思った。

そっと周囲の様子をうかがう。次の瞬間、美樹は試験の最中だということも忘れて、口をポカンと開けてしまった。

エリカと隆也の他にもう1人、一緒に試験を受けることになった女子高生——村上知恵が、猛スピードで何かの作業をしているのだ。何をしているのか、わからないけれど、解答用紙の裏には、見たこともないような計算式がいくつも書き出されている。

美樹が呆然としている間に、試験は終了。結果は、隆也とエリカを差し置いて、知恵の圧勝だった。

トップだと告げられても、知恵は喜ばなかった。涼しげな顔で「そうですか」と答えただけだ。反対に、自分が負けたと知ったエリカはこめかみをピクピク引きつらせ、あの隆也ですら、口の端を不服そうに曲げている。

美樹たちのショックを和らげる間もなく、学生社長の桔平は次の試験問題と解答用紙を持ってきた。

席に着き、渡された問題を開いた瞬間、美樹は何も見なかったことにして帰りたくなった。

2次試験の問題は、世界史だった。顧問の小畑花子が世界史を教えているせいもあり、美樹だっていつも平均よりだいぶ上の点数を取っていた――が、そういう問題ではない。

そこに書かれていたのは、キルギス共和国の歴史問題だった。その国が中央アジアにあるということと、顔が日本人によく似ているということくらいしか、美樹は知らない。それだけ知っているだけでも、まだましなほうではないかと思う。

「世界史」という以上、大国の歴史だけでなく、こうした地域史に目を向けることも重要だ。だけど、それはあくまで理想であって、日本に住んでいるふつうの高校生で、キルギス史に詳しい人間などほとんどいないだろう。

案の定、横を見てみると、さすがのエリカと隆也も苦戦しているようだった。が、最後に知恵の様子をうかがった美樹は、持っていたシャーペンを取り落としそうになった。彼女は能面のような無表情のまま、ものすごいスピードで解答用紙を埋めているようだった。結果、成績は１００点満点。

試験が終わったあと、「あの子、何かズルをしてるんじゃない？」と、エリカが美樹の耳元で不満そうにささやいた。しかし、たとえ事前に問題を教えられていたとしたって、満点を取ることは難しい。何しろ、キルギス史に関する問題は１００問もあったのだから。

美樹も、25点を取ったのだが、テストは４択のマークシート問題だったから、実に確率通りの平凡な結果だ。最初に「ましなほうだ」と思った自分が、恥ずかしくなってきさえする。

あの知恵という女子高生は、何者なんだろう？　いったどんな人生を歩んできたら、隆也やエリカより完璧に物事をこなせるようになるのだろうか？

美樹は知恵と話をしてみたかったけれど、試験中ではそんな時間もないし、第一、気安く話しかけられるような雰囲気の人でもない。２回目の試験の結果発表が終わるなり、すぐ最終試験に移った。

最後は、社長の枯平による口頭試問だった。お題は「社会的弱者について、どう考えるか」。

丸く並べられたイスの１つに座るなり、美樹はまたしても家に帰りたくなった。鬼道崇が実施する小論文テストに備え、たまにＴＶニュースを見ることはあったけれど、面と向かって意見を求められたところで、まともに答えられる自信はない。しかし、こんなときに限って運がいいのか悪いのか、美樹は最初に名前を呼ばれてしまった。

「えーと、その……私は、社会的弱者にも手厚い保障が行き渡るような制度改革が必要だと思います」

頼りない答えが口をついて出る。美樹の頭にあったのは、この間TVで見たシングルマザーの特集だった。幼い子どもを抱えていては残業をすることもままならず、せっかく稼いだ給料も保育園代とベビーシッター代に消えていく。いくら働いても楽にならない生活に、インタビューを受けた母親は泣いていた。

「自分が努力を怠ったせいで貧乏になったのなら仕方ないでしょうが、きちんと働いているのに、つらい思いをしなければならないなんて、かわいそうすぎます。ちゃんと働いた分だけしっかり報われる——そんな社会にしていかなければならないと、私は思います」

稚拙でも、一応意見は述べた。これ以上、何を言ったらいいかわからなくて、美樹が思わずうつむいた。その視界の隅で、一本の手がスッと挙がるのが見えた。手の主は知恵だった。

「村上知恵さん、どうしましたか?」

試験官の桔平に問われ、知恵は勢いよくその場に立ち上がった。

「相田美樹さんの今の回答に対して、質問があります」

「えっ……」

ビクッとのけぞる美樹の顔を無機質な目で見下ろし、知恵は淡々と続けた。

「相田さんは『社会的弱者』をどのように定義していますか？　手厚い保障とは、具体的にどのようなことを指しているのでしょうか？　社会的弱者を装い、詐欺まがいの受給を受けている者がいることをどう思いますか？」

「あ、それは、えーと……」

「私が考えますに、今後の日本において、まず社会的弱者とは――」

もごもごと口ごもる美樹を無視して、知恵が自らの意見を堂々と述べる。あの隆也だって、ここまでしっかりした受け答えをできるかどうか、わからない。まるで新聞の社説を読み聞かされているかのような論理展開に、美樹が目を丸くする。「何よ、あいつ」と、ムッとしているエリカの心の声が聞こえてくるようだった。

やがて、美樹があっけに取られているうちに、最終試験も終わってしまった。試験官の桔平が、席に着いている一同を見回し、にっこり笑う。

「今日はみんな、お疲れ様。みんなに協力してもらえたおかげで、いいデータが取れたよ。せっかくだから、最後に今日の成績最優秀者と、最下位の人の名前を発表するよ」

そんなこと、しなくていいのに――と、美樹は泣きそうになった。

こんなふうにさらし者にされ、プライドを傷つけられるなら、バイト代をもらっても、割に合わない……。自分がビリなことはわかりきっているのだから、そっとしておいてほしい。

桔平は部屋の中の空気がちょっとだけ重たくなったことにも気づかず、「それでは発表します。ドゥルルル……」と、自分でドラムロールまで口ずさみながら続けた。

「今日の試験でトップの成績を収めたのは、相田美樹さんです。そして、最下位は村上知恵さん。残念！」

「……え？　ええっ!?」

聞き違いかと思った。けれど、桔平はこちらを見ながら、ニコニコ笑っている。

「ちょっと待ってください！　私がトップって、何で――」

「そうですよ！　何ですべてのテストでトップだった私が、総合順位で最下位なんですか！」

美樹の疑問は、隣からのカン高い怒鳴り声にかき消された。声の主は知恵だった。

「口頭試問でも、相田美樹という人間は、私の質問に何一つ答えられなかったじゃないですか！この人間が、私より優秀優秀優勝、有償に受けた利益に対して金銭金金金金◎♯▲△♯!!」

ものすごいスピードでまくし立てた知恵の言葉は、最後はもう何を言っているのか、わからなかった。

「な、何よ、この人……」

あまりの事態に愕然としている美樹たち3人の横で、今度はプスプスとお湯が沸騰するような音が上がった。その瞬間、美樹は耳についで自分の目まで疑う羽目になった。なんと知恵の頭から、モクモクと白い煙が上がっていたのだ！

「最下位貝会壊殺殺殺狂謎謎迷悩惑……」

感情の伴わない声で、意味のない言葉を繰り返す。首が不自然な方向に曲がった。ギョッとしている美樹たちの前で、大きく後ろにかたむきかけた知恵の身体を、桔平がとっさに抱き止めた。

「うーん、今度こそうまくできたと思ったんだけど、やっぱり本物の人間にはほど遠いなぁ」

「二階堂桔平、これはどういうことだ？　テストに協力した者として、説明を求める」

あの隆也が、めずらしく表情をこわばらせて尋ねる。桔平は、いたずらがばれた子どものようにペロッと舌を出して笑った。

「実は、今回受けてもらったテストの本当の目的は、人間らしさを確かめることだったんだ。まぁ、テストはテストでも、商品テストってやつだね。村上知恵――こと、『人類の知恵第II号』は、記憶力や論理性には優れていても、社会でよくある不条理には耐えられないし、美樹ちゃんのような共感性も持っていない。やっぱりロボットなんだよなぁ……」

桔平が知恵の首の後ろを押すと、電源が切れたのか、その体はくったりとイスに投げ出された。あ然としている悩み解決部の面々に向けて、桔平は「あ、そうそう」と、思い出したようにつけ足した。

「大河内くんとエリカちゃんも気をつけたほうがいいよ。いくら優秀な頭脳を持っていたって、人の心の機微に疎いと、社会に出てから苦労するから」

「余計なお世話よ！」

エリカが即座に言い返す。隆也は何も言わなかったけれど、ムッとしているのが気配でわかる。その様子を視界の隅に収めながら、美樹はしみじみとした思いで桔平をながめていた。

大学生社長の名はダテじゃない。会ってからたったの数時間で、2人の欠点を見抜くなんて、桔平の人を見る目は確からしい。

美樹は感心すると同時に、不謹慎だけど、嬉しくて口元が少しだけゆるむのを感じた。どんな形であれ、隆也とエリカに勝つなんて、生まれて初めての経験だった。

これで、平凡な自分が消えてなくなるわけではない。これからも優秀な2人を見るたびに、自分の平凡さをうらめしく思うこともあるだろう。だけど、自分は平凡なりに、自分にできることをやっていこうと、美樹はこの日、改めて誓った。

- 麻希一樹

現在、大学の研究室所属。心理学専攻。自称「アクティブな引きこもり」。ふだんは、ラボにこもって実験と人間観察にいそしむ。一方、休暇中はバックパッカーとして、サハラ砂漠などの秘境探検に出かける。
Twitter:@MakiKazuki1
公式HP:http://www.makikazuki.com/

- usi

静岡県出身。書籍の装画を中心にイラストレーターとして活動。グラフィックデザインやwebデザインも行う。

「悩み部」の栄光と、その慢心。

2015年8月2日　第1刷発行
2016年11月1日　第7刷発行

発行人　金谷敏博
編集人　川畑勝
編集長　目黒哲也
発行所　株式会社 学研プラス
〒141-8415 東京都品川区西五反田2-11-8
印刷所　中央精版印刷株式会社
DTP　株式会社 四国写研

● お客様へ
【この本に関する各種お問い合わせ先】
〈電話の場合〉
○ 編集内容については ☎03-6431-1580(編集部直通)
○ 在庫・不良品(乱丁・落丁など)については ☎03-6431-1197(販売部直通)
〈文書の場合〉
〒141-8418　東京都品川区西五反田2-11-8
学研お客様センター『「悩み部」の栄光と、その慢心。』係
○ この本以外の学研商品に関するお問い合わせは下記まで
☎03-6431-1002(学研お客様センター)

本書の無断転載、複製、複写(コピー)、翻訳を禁じます。
本書を代行業者等の第三者に依頼してスキャンやデジタル化することは、たとえ個人や家庭内の利用であっても、著作権法上、認められておりません。
複写(コピー)をご希望の場合は、下記までご連絡ください。
日本複製権センター　http://www.jrrc.or.jp/　E-mail:jrrc_info@jrrc.or.jp
☎03-3401-2382
Ⓡ〈日本複製権センター委託出版物〉

学研の書籍・雑誌についての新刊情報・詳細情報は、下記をご覧ください。
学研出版サイト　http://hon.gakken.jp/

＊本書の制作にあたっては、日本の小咄、欧米の小咄、古典的なクイズ、実際のニュース・事件、広告のアイデアなどを参考にしています。